AF206031

Tucholsky Wagner Zola Scott Sydow Freud Schlegel
Turgenev Fonatne
Wallace Twain Walther von der Vogelweide Fouqué Friedrich II. von Preußen
Weber Freiligrath Frey
Fechner Fichte Weiße Rose von Fallersleben Kant Ernst Frommel
Richthofen
Hölderlin
Engels Fielding Eichendorff Tacitus Dumas
Fehrs Faber Flaubert Eliasberg Ebner Eschenbach
Feuerbach Maximilian I. von Habsburg Fock Eliot Zweig Vergil
Ewald
Goethe Elisabeth von Österreich London
Mendelssohn Balzac Shakespeare Dostojewski Ganghofer
Lichtenberg Rathenau Doyle Gjellerup
Trackl Stevenson Tolstoi Lenz Hambruch Droste-Hülshoff
Mommsen Thoma Hanrieder
Dach Verne von Arnim Hägele Hauff Humboldt
Karrillon Reuter Rousseau Hagen Hauptmann Gautier
Garschin
Damaschke Defoe Hebbel Baudelaire
Descartes Hegel Kussmaul Herder
Wolfram von Eschenbach Dickens Schopenhauer Rilke George
Bronner Darwin Melville Grimm Jerome Bebel Proust
Campe Horváth Aristoteles Voltaire Federer Herodot
Bismarck Vigny Barlach Heine
Gengenbach
Storm Casanova Tersteegen Gilm Grillparzer Georgy
Lessing Langbein Gryphius
Chamberlain Lafontaine
Brentano Claudius Schiller Kralik Iffland Sokrates
Strachwitz Bellamy Schilling
Katharina II. von Rußland Gerstäcker Raabe Gibbon Tschechow
Löns Hesse Hoffmann Gogol Wilde Gleim Vulpius
Luther Heym Hofmannsthal Klee Hölty Morgenstern Goedicke
Roth Heyse Klopstock Kleist
Luxemburg Puschkin Homer Mörike Musil
La Roche Horaz
Machiavelli Musset Kierkegaard Kraft Kraus
Navarra Aurel Lamprecht Kind Kirchhoff Hugo Moltke
Nestroy Marie de France
Laotse Ipsen Liebknecht
Nietzsche Nansen Ringelnatz
Marx Lassalle Gorki Klett Leibniz
von Ossietzky May vom Stein Lawrence Irving
Petalozzi Knigge
Platon Pückler Michelangelo Kafka
Sachs Poe Liebermann Kock
de Sade Praetorius Mistral Zetkin Korolenko

Der Verlag tredition aus Hamburg veröffentlicht in der Reihe **TREDITION CLASSICS** Werke aus mehr als zwei Jahrtausenden. Diese waren zu einem Großteil vergriffen oder nur noch antiquarisch erhältlich.

Symbolfigur für **TREDITION CLASSICS** ist Johannes Gutenberg (1400 — 1468), der Erfinder des Buchdrucks mit Metalllettern und der Druckerpresse.

Mit der Buchreihe **TREDITION CLASSICS** verfolgt tredition das Ziel, tausende Klassiker der Weltliteratur verschiedener Sprachen wieder als gedruckte Bücher aufzulegen – und das weltweit!

Die Buchreihe dient zur Bewahrung der Literatur und Förderung der Kultur. Sie trägt so dazu bei, dass viele tausend Werke nicht in Vergessenheit geraten.

Absaloms Haar

Björnstjerne Björnson

Impressum

Autor: Björnstjerne Björnson
Übersetzung: Mathilde Mann
Umschlagkonzept: toepferschumann, Berlin

Verlag: tradition GmbH, Hamburg
ISBN: 978-3-8424-0359-8
Printed in Germany

Ziel der TREDITION CLASSICS ist es, tausende deutsch- und
fremdsprachige Klassiker wieder in Buchform verfügbar zu
machen. Die Werke wurden eingescannt und digitalisiert. Dadurch
können etwaige Fehler nicht komplett ausgeschlossen werden.
Unsere Kooperationspartner und wir von tredition versuchen, die
Werke bestmöglich zu bearbeiten. Sollten Sie trotzdem einen Fehler
finden, bitten wir diesen zu entschuldigen. Die Rechtschreibung der
Originalausgabe wurde unverändert übernommen. Daher können
sich hinsichtlich der Schreibweise Widersprüche zu der heutigen
Rechtschreibung ergeben.

I.

Harald Kaas war sechzig Jahre alt geworden. Er führte nicht mehr sein flottes, von jeglicher Kritik unbehelligtes Junggesellenleben. Man sah seinen Lustkutter des Sommers nicht mehr an der Küste, seine Winterreisen nach England und nach dem Süden hatten aufgehört; ja, man begegnete ihm nur noch selten in seinem Klub in Kristiania.

Auch füllte seine Riesengestalt nicht mehr wie in alten Zeiten die Türöffnung aus. Obeinig war er stets gewesen, aber der Winkel war größer geworden. Auch die Herkuleslinie des Rückens war jetzt rund, und er ging gebeugt. Seine Stirn war eine der breitesten gewesen; keines andern Hut paßte für seinen Kopf. Jetzt war sie auch eine der höchsten. Er hatte nämlich kein Haar mehr, außer einem kleinen Büschel an den Ohren und einem dünnen Kranz im Nacken. Jetzt ergriff er das Branntweinglas gewöhnlich mit beiden Händen – sie zitterten ihm. Selbst die Zähne, die klein aber stark und von Tabak geschwärzt waren, fingen an auszufallen. Er war stets mit halb geschlossenen Händen gegangen, als hielten sie etwas fest; jetzt krümmten sie sich, sie konnten sich nicht mehr ganz ausstrecken. Den kleinen Finger an der Linken hatte ihm ein Riese, den er zu Boden streckte, aus Dankbarkeit abgebissen. Kaas erzählte das Ereignis so, daß er den Burschen gezwungen habe, ihn gleich darauf zu verschlingen. Jetzt war es seine Lieblingsbeschäftigung, den Stummel zu streicheln. Oft ward dies die Einleitung zu Erzählungen von seinen Heldentaten, die größer und größer wurden, je mehr er alterte und müßig dasaß.

Seine kleinen, lauernden Augen lagen tief im Kopf und sahen einen so forschend an. Es lag Macht in seiner Persönlichkeit und scharfer Verstand in seinem Schädel; so besaß er auch ein hervorragendes mechanisches Talent. Seine unerschütterliche Selbstbewunderung war nicht ohne Größe, und der Nachdruck, mit dem sich Körper und Geist zu erkennen gaben, machten ihn zu einem der Originale des Landes. Weshalb war nicht mehr aus ihm geworden?

Er wohnte auf seinem Gute Helleberg, er hatte große Wälder an der Küste entlang und zinspflichtige Bauernhöfe flußaufwärts.

Einstmals hatte es der Familie Kurt gehört und war insofern jetzt an sie zurückgefallen, als es eine allgemein bekannte Tatsache war, daß sein Vater kein Kaas, sondern ein Kurt gewesen. Er vereinte den alten Familiensitz wieder in einer Hand; über die Art und Weise und die Mittel könnte man ein Buch schreiben.

Das Wohnhaus lag an einer von mehreren Werdern umkränzten Bucht; außerhalb derselben lagen noch mehr Werder und das offene Meer. Ein unendlich langes Gebäude, auf einer alten Riesenmauer neu erbaut, der östliche Flügel nur halb eingerichtet, der linke Harald Kaas als Wohnung dienend – hier lebte er sein wunderliches Leben. Beide Flügel waren verbunden durch zwei eingemauerte Galerien, eine über der andern, mit Treppen an beiden Enden. Sonderbarerweise lagen diese Galerien nicht nach dem Meere, also nach Süden, sondern nach den Feldern und Wäldern, also nach Norden hinaus.

Zwischen den beiden Flügeln, inwendig im Hause, war neutrales Gebiet, nämlich ein großer Speisesaal unten und ein großer Tanzsaal oben; in den letzten Jahren war keiner dieser Räume benützt worden.

Harald Kaas' Wohnung bezeichnete von außen der gewaltige Kopf eines Elentiers mit ungeheuren Hörnern, der über der Galerie angebracht war. In der Galerie selber hingen Köpfe von Bären und Wölfen und Füchsen und Luchsen, sowie ausgestopfte Land- und Wasservögel. In der Vorhalle bedeckten Felle und Gewehre die ganzen Wände. Auch die Zimmer waren voll von Fellen und zeichneten sich durch einen strengen Geruch nach Wild und kaltem Tabak aus; er selber nannte das »Mannsgeruch«. Niemand, der einmal die Nase hineingesteckt hatte, vergaß ihn je wieder. Kostbare, feine Felle an den Wänden, Fellteppiche an den Fußböden, selbst das Bett bestand aus lauter Fellen: Harald Kaas lag und saß in Fellen, ging in Fellen, und alle diese Felle bildeten willkommenen Stoff für die Unterhaltung, insofern als er selber jedes einzelne Tier geschossen und abgezogen hatte. Freilich gab es Leute, die behaupteten, daß die meisten Felle bei Brandt und Compagnie in Bergen gekauft, und daß nur die Jagdgeschichten hier geschossen seien. Ich meinerseits glaube, daß das Übertreibung ist. Wie sich die Sache nun aber auch verhalten mochte, so machte es immerhin einen gewaltigen Eindruck, wenn Harald Kaas in seinem hölzernen Stuhl am offenen Feuer saß, die Füße auf dem Bärenfell, und das Hemd öffnete, um uns die Narben auf seiner behaarten Brust zu zeigen. Was für Narben waren das? Sie rührten von den Zähnen des Bären her; damals, als Kaas dem Untier das Messer bis an den Schaft ins Herz getrieben. Alle die seltenen Krüge und Schränke und geschnitzten Stühle lauschten der Erzählung in gewohnter Ruhe.

Harald Kaas zählte sechzig Jahre, als er im Monat Juli mit vier Damen in die Bucht gesegelt kam: er hatte sie vom Dampfer abgeholt. Sie sollten bis in den August bei ihm bleiben. Eine ältere und drei jüngere, alles Verwandte von ihm: sie sollten im oberen Stockwerk wohnen. Dort hörten sie ihn unter sich gehen und grunzen und waren zu Anfang sehr ängstlich. Drei von ihnen hatten auch ihre Bedenken gehabt, seine Einladung anzunehmen, und diese Bedenken verringerten sich nicht, als sie Kaas am nächsten Morgen splitternackt von der See heraufwandeln sahen. Sie schrien und krochen zusammen in ihren Nachtgewändern und berieten, ob es nicht das richtigste sei, sofort wieder abzureisen. »Du hättest uns nicht rufen sollen, Tante, dann hätten wir es nicht gesehen«: dann mußten sie alle unwillkürlich lachen, und damit war der Sache die Spitze abgebrochen.

Beim Frühstück waren sie ja freilich sehr zurückhaltend: als ihnen aber Harald Kaas von einer alten, schwarzen Stute erzählte, die er besitze und die in einen jungen, braunen Hengst beim Propst verliebt sei und die wie besessen um sich schlage, sobald ein anderer Hengst Annäherungsversuche mache, dagegen den Kopf verliebt auf die Seile lege und »wiehere wie ein feines Fräulein«, sobald der Propsthengst zu hören sei, nun ja, da meinten die Damen, es sei wohl das beste, jetzt gleich zu kapitulieren. Hatten sie sich aus Neugier hierher verirrt, so mußten sie die Natur ertragen, wie Harald Kaas zu sagen pflegte (mit dem Nachdruck auf der ersten Silbe). Und doch ängstigten sie sich in der nächsten Nacht fast die Seele aus dem Leibe: er schoß gerade unter ihren Fenstern.

Die Tante behauptete sogar, er habe durch ihr offenes Fenster geschossen. Sie schrie laut auf, und die anderen fuhren aus dem Schlaf: sie waren aus den Betten, ehe sie sich's versahen. Und dann lehnten sie sich zu den Fenstern hinaus und spähten, obwohl die

Tante versicherte, man werde sie erschießen. Sie mußten doch sehen, was es war. Ja, da drinnen zwischen den Kirschen- und Apfelbäumen sahen sie ihn eine Weile darauf mit dem Gewehr umhertraben und hörten ihn fluchen. Alle krochen, zum Tode erschreckt, wieder ins Bett. Am nächsten Morgen erfuhren sie, daß er mit Hagel auf die nächtlichen Freier geschossen habe: einer von ihnen habe eine halbe Ladung in die Waden bekommen, das sei ihm, hol mich der Teufel, sehr gesund. Es sei nicht die Sache an sich: er könne gern auf Freierei ausgehen, nur nicht hier. »Denn für den Bedarf auf unserem Hof sind wir Kerle genug: das besorgen wir selber.« Die vier Damen saßen da wie eben angezündete Stearinkerzen auf einem Kirchenleuchter, bis eine von ihnen brüllend aufsprang. Und dann brüllten sie alle.

Die vier Damen langweilten sich nicht. Dazu war Harald Kaas viel zu reichhaltig an Unglaublichkeiten. Auch herrschte Stimmung in den großen Wäldern, die keine Axt berührt hatte, seit Harald Kaas Herr des Gutes war. Am Flusse entlang gab es die schönsten Spaziergänge und im Flusse selber Fische in Menge. Sie badeten, machten amüsante Fahrten mit dem Kutter und zu Wagen in der Umgegend, obwohl die Fahrgelegenheiten nicht die neuesten waren.

Das jüngste der Mädchen, Kirsten Ravn, fing an, sich von den anderen zurückzuhalten. Es hatte sie eine Leidenschaft für den östlichen, unfertigen Flügel erfaßt: dort verbrachte sie lange Stunden allein am offenen Fenster. Dort standen Bäume, große Linden, unbeschnitten, mystisch. »Sie sollten einen Altan hier nach der See hinaus bauen«, sagte sie zu Kaas; »sehen Sie, wie die See unter den Linden glitzert!« Was sie sich einmal in den Kopf gesetzt hatte, gab sie so leicht nicht wieder auf, und als sie dann zum vierten- und zum fünftenmal damit kam, versprach er, es zu tun. Kaum aber hatte sie dies erreicht, als sie weiterging. »Unter dem ersten Altan muß noch ein zweiter, breiterer angebracht sein«, sagte sie mit ihrer sanften Stimme. »Und der muß eine Treppe zu beiden Seiten haben, die ins Grüne hinabführt: das Grün ist gerade hier so herrlich.« Schon allein die ganz unerhörte Kühnheit, so etwas von ihm zu verlangen, imponierte ihm. Endlich gab er auch hierin nach.

»Die Zimmer müssen eingerichtet werden«, befahl sie in vollem Ernst. »Das, was auf den Altan hinausgeht, der hier unten gebaut werden wird, in ölfarbenem Tannenholz, und der Fußboden muß gebohnert werden.« Sie streckte ihre lange, feine Hand aus und zeigte. »Alle Fußböden müssen gebohnert werden. Zu dem oberen Zimmer werde ich Ihnen die Zeichnung liefern. Ich habe die Sache genau durchdacht« – und ihre großen, verwunderten Augen tapezierten die Wände, stellten die Möbel zurecht, hängten Gardinen in eigenartigen Mustern auf. »Ich weiß auch, wie die anderen Räume sein sollen«, fügte sie hinzu, ging hinein und hielt sich in jedem eine Weile auf. Er folgte wie ein altes Pferd am Zügel. Als die vier Damen die Hälfte der Zeit dort gewesen waren, vernachlässigte er mit der größten Gemütsruhe drei von ihnen.

Seine tiefliegenden Augen zwinkerten in lebhafter Bewegung, wenn sie dahergegangen kam; er suchte die Augen der anderen, um ihre Bewunderung der seinen hinzufügen zu können: er umkreiste sie wie ein alter photographischer Apparat, der sich selber aufstellen kann. Als sie eines Tages ein französisches Lehrbuch der Mechanik aus seinem Bücherschrank genommen hatte und es nicht nur verstand, sondern sagte, die Mechanik sei wohl im Grunde das, wofür sie Anlage habe, da war er geliefert. Sobald sie seit jenem Tage nur sichtbar wurde, löschte er seine eigene Persönlichkeit sowohl im Handeln als auch im Reden aus. Gleich des Morgens, wenn sie in einer ihrer originellen Morgentoiletten erschien, lachte er still vor sich hin, oder er starrte, starrte und sah zu den anderen hinüber. Sie sprach nicht viel, aber jedes Wort, was sie sagte, erregte seine Bewunderung. Ganz hingerissen war er, wenn sie schweigend dasaß und sich um niemand kümmerte; dann glich er einem alten Papagei, der den Kopf schief auf die Seite legt in Erwartung eines Stück Zuckers. Seine Wäsche war stets blendend weiß; sonst machte er sich keinerlei Umstände mit seiner Toilette. Jetzt aber stolzierte er in einem bastseidenen Rock umher, den er sich einmal in Algier gekauft, aber gleich weggehängt hatte, weil er ihm zu eng war. Er sah darin aus wie eine beschnittene Buchsbaumhecke.

Wer war denn aber diese einundzwanzigjährige Löwenbändigerin, die, ohne es nur im geringsten zu wollen, ja, ohne sich überhaupt die geringste Mühe zu machen – sie war nämlich die stillste von ihnen allen – das stärkste Tier des Waldes zwang, sich in den

Sand auf den Bauch zu legen, und sie in weltvergessener Demut anzustarren.

Beachte sie, wie sie jetzt dasitzt mit ihrem aufgelösten, glänzenden Haar, rot vom schönsten Dunkelrot; beachte ihre breite Stirn und hohe Nase, vor allem aber diese großen, verwunderten Augen! Schau ihn an, diesen ihren Hals und seine Fortsetzung; folge den Linien der langen Taille, des schlanken Wuchses! Betrachte genau das Renaissancekleid, das sie trägt, seinen Schnitt, seine Farbe, und du wirst sehr neugierig sein, denn sie ist etwas ganz für sich.

Kirsten Ravn verlor ihre Mutter an dem Tage, als sie geboren wurde, und ihren Vater, als sie fünf Jahre zählte. Er hinterließ ihr ein hübsches Vermögen unter der ausdrücklichen Bedingung, daß das Kapital nicht angerührt werde, und daß die Zinsen von ihr allein verbraucht würden, sie mochte sich verheiraten oder nicht. Auf diese Weise dachte er, ihren Charakter zu beeinflussen. Sie ward von drei verschiedenen Mitgliedern der weitverzweigten Familie erzogen, die man viel eher einen Volksstamm hätte nennen können, da sie kein weiteres gemeinsames Kennzeichen besaß als den Trieb, jeder seinen eigenen Weg zu gehen. Wo zwei Ravns zusammentreffen, sind sie sich in der Regel über alles uneinig, worüber sie sprechen; doch halten sie, wie gesagt, unauflöslich zusammen. Ja, in ihren Augen gibt es eigentlich keine andere Familie, die »amüsant« ist – das Lieblingsadjektiv aller Ravns.

Kirsten war ein rezeptives Talent; sie las alles und behielt alles, was eigentlich bedeutet, daß sie einen logischen Kopf hatte, denn behalten ist ja gleichbedeutend mit ordnen. Sie war infolgedessen Nummer eins in allem, was sie anfaßte; dies und dann der Umstand, daß sie bei anderen war, die ein wenig in ihr spekulierten, ihr folglich schmeichelten, beeinflußte ebenso frühzeitig ihren Charakter wie das Geld es tat. Sie war in keiner Weise hochmütig, das waren die Ravns niemals, aber mit zehn Jahren wollte sie nicht mehr spielen; sie ging in den Wald und dichtete Heldenlieder. Mit zwölf Jahren wollte sie nur in Seide gehen, und trotz einer Tante mit Locken und vielen Spitzen und schrecklich vielen Worten setzte sie es durch. Sie war schlank und zierlich in ihrer Seide und nach wie vor Nummer eins. Sie machte Verse, die von Ritter Aage und Jungfer Else, von Vögeln und Blumen und großem Herzeleid handelten.

Nachdem sie in den Kreis der Erwachsenen getreten war, wo andere junge Damen, denen ihre Mittel es erlauben, Seide anlegen, schloß sie mit der ihren ab. Sie war des »Glatten und Glänzenden« überdrüssig, ja, sie schwärmte jetzt für feine Wolle und teuren Samt in allen Farben. Kleider im Renaissancestil waren ihr die liebsten und der Gegenstand ihres Studiums. Sie trug sie vorn ausgeschnitten wie auf Leonardos und Raffaels weiblichen Porträts, legte es auch in anderer Weise darauf an, diesen zu gleichen. Sie schrieb keine Gedichte mehr, sondern Erzählungen, streng stilisiert, mit sprachlichem Feingefühl, aber keineswegs unmittelbar. Sie waren kurz, mit einer mehr oder weniger klaren Pointe. Erzählungen von einer achtzehnjährigen Dame pflegen kein Aufsehen zu erregen; diese waren aber in hohem Grade kühn. Ihr einziger Zweck war offenbar, Ärgernis zu erregen. Sie nannte ihren Namen nicht, sondern nahm das Pseudonym »Pus« an; es war indessen so verführerisch, zu verraten, daß der Autor, der in einer Zeit, wo alle Autoren so gern Ärgernis erregen wollen, dies mit der meisten Ruhe fertig brachte, eine fein erzogene Dame aus einer der besten Familien des Landes und nur achtzehn Jahre alt war. Bald wußten alle, daß Pus das junge Mädchen mit dem aufgelösten roten Haar, »die hohe Renaissance mit dem Tizianhaar« war. Das Haar war sehr reich, leicht gelockt und schimmernd; es lag aufgelöst über Schultern und Brust, eine Mode, die sie aus der Kinderzeit beibehalten hatte. Die Augen betrachteten alles, als sähen sie es zum erstenmal und waren auffallend groß; der untere Teil des Gesichts entsprach jedoch nicht der breiten Anlage nach oben zu. Die Kiefern gaben nach, die hohe Nase ließ den Mund kleiner erscheinen, als er war, und das Kinn existierte eigentlich nur als Anweisung auf ein zweites darunter, und dieses zweite gab wiederum eine süße Anweisung auf den Hals, besonders wenn der Kopf vornüber gebeugt war, was gewöhnlich der Fall zu sein pflegte. Diese doppelte Anweisung verdiente der Hals auch wirklich; er war fein von Farbe, edel und rund in der Zeichnung und wundervoll auf der Büste befestigt; aus dem Grunde konnte sie es nie übers Herz bringen, diese beiden Teile zu trennen, sondern ging mit entblößter, oberer Brust, denn auch diese war weiß und hoch gewölbt. Der Rand des Kleides schloß wie gegossen, etwas, worauf sie genau acht gab. Die Brüste saßen tief und waren nicht hervortretend, aber ihre feste Form, die schlanke Taille, darunter die keineswegs starken Hüften in dem strammen Kleide, ihre Haltung, der runde Arm, die lange Hand machten sie so elegant und apart, daß man sich nicht damit begnügte, zu sehen, man mußte sie studieren. Zog man alle Finessen des Kleides, alle Schmucksachen mit in Betracht, so begriff man, welche Intelligenz, welch künstlerischer Sinn hier angewendet war.

Sie war freundlich im Verkehr, gleichmäßig und still, stets durch irgend etwas in Anspruch genommen, mit immer verwunderten Augen. Die diskreten, wohlerwogenen Worte, die sie äußerte, waren nicht zahlreich; sowohl das als auch ihr ganzes Auftreten bewirkten, daß sich die Leute nicht recht an sie heranwagten. Besonders diejenigen, die wußten, wie klug die junge Dame war und welche Kenntnisse sie besaß.

Freundinnen hatte sie eigentlich nicht; aber die große, sie umschwärmende Familie sorgte für Verkehr, Freundschaft, Schmeicheleien, Lustigkeit und Schutz – sie mußte ins Ausland, um allein sein zu können. Sie war die Prinzessin der Familie; man huldigte ihr nicht nur, man wollte sie auch auf Leben und Tod verheiraten, was ihr durchaus zuwider war. Von ihren Zinsen hatte sie seit ihrer Kindheit eine bedeutende Summe zurückgelegt, aber lange nicht das, was die Familie daraus machte. Die Sage von diesem Reichtum trug nicht wenig dazu bei, daß »alle in sie verliebt waren«, nicht allein die ledigen Familienglieder männlichen Geschlechts – das war ganz selbstverständlich –, sondern auch Künstler und Kunstmatadore, besonders die blasierten, umschwärmten sie, *la jeunesse dorée* (die in Norwegen einfach genug ist), ohne Ausnahme.

Ein lebendes Kunstwerk von so und so hohem Preis, bewundert, pikant – sie wollten es nach Hause tragen, als ihr Eigentum und es unter vier Augen genießen. Es mußte in ihr eine reichere Intensität sein als in jeder anderen, ein diskretes Sichzurückziehen in einen einzigen – der unerreichbare Traum der Weltmüden. Mit ihr konnten sie ein bis zum äußersten stilvolles Leben in Kunst, Geschmack, Bequemlichkeit führen; ihre Bildung war ja die allerfeinste und so völlig vorurteilsfrei – unser kleines Land kannte in jenen Tagen kein verlockenderes Ziel. Sie wußten, wenn sie sie sahen, nicht, was sie tun oder wie sie sich anstellen sollten, in Profil oder in ganzer Stellung, ob sie lächeln oder ernsthaft aussehen, ob sie reden oder schweigen sollten. Ich sah einmal eine sehr hohe Windhündin von einer Menge kleiner Hunde umgeben, von denen keiner groß genug war. Weshalb hat keinen Maler dieser komische Vorwurf gefesselt? Sie sehnsuchtsvoll dahineilend wie eine kranke Ballade, ohne zu finden! Die anderen sehnsuchtsvoll hinterdrein keuchend, trunken von Geruch und Begier, bald in rasendem Kampf, der zu nichts nütze ist, nur zu erhöhter Qual.

Das Bild stimmt nicht, aber es ist absichtlich gewählt. Was diese müßigen Freier ihren Erzählungen, ihrer eigentümlichen Kleidung, ihren verwunderten Augen und ihrer stillen Träumerei unterschoben, war nicht das Allerfeinste; dadurch nährten sie ihre Hoffnung und ihre Energie. Dann aber stelle man sich ihre grenzenlose Enttäuschung vor, als es im Herbst verlautete, daß – Fräulein Kirsten Ravn sich mit Harald Kaas vermählt habe.

Man lachte laut vor Wut, man höhnte, man schrie. Man hatte anfänglich keine andere Erklärung, als daß dieser kahlköpfige Geier gewagt habe, was sich die anderen nicht erkühnt hatten.

Andere hingegen, die sie kannten und die größte Achtung vor ihr hatten, waren nicht weniger entsetzt. Sie waren mehr als enttäuscht, das Wort ist viel zu milde – viele trauerten wirklich. Was in aller Welt hatte dies bewirkt? Alle, außer ihr selber, wußten ja im voraus, daß damit ihr Leben ruiniert war. Auf Kirsten Ravns unabhängige Stellung, ihren starken Charakter, ihren seltenen Mut, auf ihr Wissen, ihre Begabung, ihre Energie hatten viele, besonders Frauen, eine Zukunft aufgebaut, auch in bezug auf die Frauenfrage: sie hatte ja schon rücksichtslos dafür geschrieben. Ihr Trachten nach Originalität, nach Paradoxen müsse sich ja abschleifen, dachten sie, sobald der Kampf sie mehr in den Vordergrund schob; schließlich würde sie eine der ersten Vorkämpferinnen für die Sache werden. Das Edle, Feine war stark bei Kirsten, es würde schließlich die Alleinherrschaft erringen.

Aber nun?

Die wenigen, die das Versehen des Lebens zu erklären suchen, statt sie zu verdammen, meinten – wenigstens einige von ihnen taten es – daß der Trotz in ihren Erzählungen, der Oppositionsdrang im ganzen wohl auf eine Eitelkeit deuteten, die zu Verirrungen führen könne. Andere behaupteten, sie sei im wesentlichen eine romantische Natur, die durchgehends die eigenen Kräfte wie auch die Verhältnisse im Leben überschätzte. Wiederum andere hatten gehört, die beiden Ehegatten lebten jeder in seinem Flügel, jeder mit seiner Dienerschaft, jeder von seinem Vermögen, ferner, daß sie gerade jetzt den Flügel nach ihrem eigenen Kopf mit eigenen Mitteln einrichte und so offenbar die Absicht habe, eine neue Art von Ehe zu begründen. Einige aber behaupteten auch, nichts von alledem, nur die großen Linden vor dem östlichen Flügel des großen Helleberger Wohnhauses seien schuld an dieser Ehe. Sie sausten so eigentümlich an den Sommerabenden, diese Bäume und die See unter ihren Zweigen erzählte bezaubernde Märchen. Weit mehr als der Mann, Harald Kaas, seien ihr diese alten Wälder; es gibt ihresgleichen ja fast nicht mehr in dem geldarmen Norwegen. Ihre Phantasie habe in den Bäumen fest gehangen, sagten sie; da sei Harald Kaas gekommen und habe sie genommen. Es sei die Gegend, das Gut, das Klima, die freie Stellung in ihrem eigenen Flügel, was sie gewählt habe. Kaas sei ein altes Hausinventar, das sie mit in den Kauf habe nehmen müssen.

Aber es war zweifelhaft, ob diese Vermutung richtiger war als die andere? man kam der Sache niemals auf den Grund. Sie gehörte nicht zu denen, die man so ohne weiteres fragen konnte oder die dann antworteten.

Jeglichen Rätselratens, selbst des interessantesten, werden die Leute allmählich überdrüssig. Man mochte schließlich nicht einmal ihren Namen mehr hören, als sie vier Monate nach der Hochzeit im Parkett des Theaters zu Kristiania saß, ganz so wie in alten Zeiten, nur ein wenig blasser. Alle Operngläser richteten sich auf ihr rotes Haar und auf ihre breite Stirn. Sie barg sich nicht hinter dem Fächer. Sie schimmerte in einem hellen, fast weißen Gewand mit viereckigem Ausschnitt wie immer. Sie schaute um sich mit verwunderten Augen, als habe sie niemals eine Ahnung davon gehabt, daß hier auch andere im Theater seien, oder daß es jemand einfallen könne, sie anzusehen. Selbst die rasendsten von diesen Zudringlichen mußten doch zugeben, daß sie geistig und körperlich einzig in ihrer Art sei – hinreißend.

Aber gerade als sie wieder das Gesprächsthema aller Welt wurde, verschwand sie. Später hörte man, ihr Gatte sei gekommen, um sie zu holen, obwohl fast niemand ihn sah. Man vermutete, daß es einen kleinen, häuslichen Zwist gegeben habe – den ersten.

Einen wirklichen Einblick in ihr eheliches Leben erhielt man niemals; die Bemühungen der Verwandten, den Schleier zu heben, blieben erfolglos. Nur so viel ward festgestellt, daß sie guter Hoffnung sei. Mit der größten Sorgfalt war sie bemüht gewesen, auch dies zu verheimlichen.

Es kam keine Anzeige und auch kein Brief; aber im nächsten Sommer schob sie auf dem »Karl Johann« einen Kinderwagen mit so verwunderten Augen vor sich her, als habe ihn ihr jemand in die Hand gedrückt. Sie war jetzt strahlender und schöner denn je. Im Wagen lag ein Knabe mit ihrer eigenen breiten Stirn, ihrem eigenen roten Haar, entzückend gekleidet und ebenso wie der Wagen mit einer solchen Phantasie und so völlig im Stil mit ihr selbst ausgestattet, daß alle die Antwort verstanden, die sie gab, als Bekannte sie anhielten und sie, nachdem die herkömmlichen Glückwünsche erledigt waren, fragten: »Bekommen wir denn nicht bald eine neue Erzählung von Ihnen?« – »Eine neue Erzählung? *Hier* ist sie ja!«

Aber trotz des vollkommenen Glücks, das sie auf dem »Karl Johann« zur Schau trug, ließ es sich nicht mehr verbergen, daß sie mehr fern von Helleberg weilte als daheim und daß sie den Namen ihres Gatten niemals nannte. Versuchte es jemand, die Unterhaltung auf ihn zu bringen, so ging sie nicht darauf ein.

Bald war es auch klar, daß sie daran dachte, Helleberg ganz zu verlassen. Damals mochte der Knabe wohl ein Jahr zählen. Sie hatte auf längere Zeit in Kristiania gemietet und reiste nach Hause, um ihre Angelegenheiten zu ordnen; sie sagte selber, sie kehre in wenigen Tagen zurück.

Aber sie kam nie zurück.

Am Tage nach ihrer Heimkehr, als das zahlreiche Gesinde auf Helleberg, alle Häusler, ihre Frauen und Kinder – es war gerade um die Zeit des Kartoffelaufnehmens – auf dem Hofplatz versammelt waren, kam Harald Kaas daher, sie wie ein Bündel unter dem linken Arm tragend. Er hatte sie um die Taille gefaßt, ihr Gesicht lag hinter ihm, zu Boden gewendet, von dem herabhängenden Haar verdeckt, der Unterkörper war vor ihm, die Beine bald schlaff herabhängend, bald steif ausgestreckt. Ihre Hände stützten sich auf seine linke Hüfte, die sie fest umklammerten. Er kam ruhig mit ihr dahergegangen; in der rechten Hand trug er ein Bündel langer, frischer Birkenreiser. Eine Strecke vor der verdeckten Galerie machte er halt. Sie auf sein linkes Knie legend, hob er ihre Kleider auf, riß ihr das Unterzeug vom Leibe, als sei es aus Papier und mit Nadeln festgesteckt, und begann dann, sie auf den bloßen Körper zu schlagen, bis sie blutete.

Sie gab keinen Ton von sich. Als er sie losließ, ordnete sie zuerst zitternd ihr Haar. Dabei zeigte sie ihr Gesicht in dem Augenblick, als das Blut daraus entwich: es ward so bleich, so bleich. Große Tränen rannen vor Schmerz und Scham, aber kein Laut. Sie zog ihre Taille herunter: aber das Unterzeug schleppte zerrissen hinter ihr drein, als sie langsam ins Haus ging. Sie schloß die Tür hinter sich, mußte sie aber noch einmal öffnen – das Unterzeug hing fest.

Die Frauen standen entsetzt da: einige der Kinder schrien vor Angst, sie steckten die anderen an, so daß schließlich alles im Echo schluchzte. Die Männer, die sich zum größten Teil hingesetzt hatten, um ihre Pfeife zu rauchen, waren wieder aufgesprungen. Sie standen da, starr vor Zorn.

Harald Kaas hatte sich erst nach schweren Qualen zu diesem Schritt entschlossen, davon zeugten seine Mienen und sein ganzes Wesen seit langer Zeit und auch jetzt, aber er hatte ein schallendes Gelächter auf seinen eigentümlichen Einfall erwartet. Das sah man deutlich an der großmächtigen, ruhigen Art und Weise, mit der er, sie unterm Arm haltend, angeschritten kam, und noch mehr an den rachsüchtigen Augen, mit denen er nach vollbrachter Tat um sich schaute.

Aber zuerst Todesstille, dann Weinen, dann lautes Schluchzen und helle Wut – er stand eine Weile da und ließ sich davon peitschen. Dann ging er hinein, ein geschlagener, unwiederbringlich gebrochener Mann. Bei allen Zusammenstößen mit dieser zarten Gestalt hatte der Riese den kürzeren gezogen.

Sie aber verließ seither niemals den Hof. Sie ließ sich in den ersten Jahren niemals vor anderen als vor den Leuten auf dem Gut sehen, und auch vor diesen kaum.

Man sah sie entweder mit ihrem Kleinen im Wagen oder später an der Hand oder allein, und da in der Regel in einen großen Schal gehüllt, stets in einen andern, je nachdem sie gekleidet war. Sie hielt ihn stramm um sich zusammen. Es war dies so charakteristisch für sie, daß ich noch heute die Leute davon reden höre, als sei sie niemals anders gesehen worden.

Und was tat sie denn nur? Sie studierte. Die Literatur gab sie auf: aus irgendeinem Grunde war sie ihr zuwider. Sie wechselte geistig die Kleider, indem sie sich ganz der Mathematik, der Mechanik, der Chemie und der Physik hingab: sie machte Berechnungen, Analysen und ließ sich Bücher über ihre Zwecke kommen.

Die Leute auf dem Gut erblickten etwas fast Übernatürliches in ihr, von der ersten Stunde an hatten sie ihre Schönheit und Feinheit bewundert: so etwas bewundern alle, nur der Grad und die Art und Weise sind verschieden. Nach einer Weile war sie zu etwas geworden, was über ihre Begriffe hinaus lebte und dachte. Sie suchte niemand von ihnen: wer aber zu ihr kam, dem ward Hilfe zu teil, mehr oder weniger. Sie verschaffte sich genauen Bescheid, niemand konnte sie hintergehen. Mochte sie wenig oder viel geben, es geschah niemals unter Bedingungen, niemals mit langen Reden. Ihre Meinung drückte die Summe aus.

Das Verhalten ihres Mannes ihr gegenüber war derart, daß sie, wenn sie nicht so beliebt gewesen wäre, unmöglich hätte bleiben können. Er tat ihr nämlich alles Böse an, was in seiner Macht lag, aber das Gesinde wandte es ab.

Der Knabe – hätte er nicht ein Bindeglied werden können? Einige Menschen wollten wissen, daß sich das Verhältnis der Eltern seit der Geburt des Knaben so schlecht gestaltet habe. Das erstemal, als der Vater ihn sah, bemerkte die Wehmutter, daß er kam wie ein Großmogul und von dannen ging wie ein Bettler; die Wöchnerin lag da und lachte, und das hatte die Wehmutter eine Wöchnerin noch niemals tun sehen.

Hatte er erwartet, daß alles, was von ihm kam, nur ihm gleichen konnte, und war ihm dann das Ebenbild der Mutter entgegengetreten?

Sobald der Knabe sich selbständig bewegen konnte, ging er gern zum Vater hinüber, denn dort bei ihm war viel Schönes zu sehen, und der Vater nahm ihn gut auf. Er plauderte mit ihm und freute sich über seinen Verstand. Nur versuchte er stets, ihm große Enden von seinem Haar abzuschneiden. Die Mutter ließ es frei und lang wachsen wie das ihre und der Vater beschnitt es. Der Knabe selber wäre es gern los gewesen: als er aber ein wenig älter ward, begriff er, was der Vater beabsichtigte, und da hütete er sich. Als ihm die Leute auf dem Hof Züge aus den sagenreich ausgeschmückten Geschichten des Vaters erzählten, von seiner Riesenkraft, von seinen Heldentaten zu Wasser und zu Lande, ward der Sohn von scheuer Bewunderung für ihn erfüllt. Aber er empfand auch immer stärker den unleidlichen Druck, den der Vater auf ihr Leben ausübte, ja, auf alles Lebende auf dem Gut. Es ward die geheime Religion des Knaben, sich gegen ihn aufzulehnen und der Mutter zu helfen, denn *sie* war der leidende Teil. Er wollte ihr gleichen bis aufs Haar, er wollte sie decken, sie belohnen: es war ihm eine wahre Wonne, wenn der Vater auch ihm Leiden verursachte.

Ja, es war sein Stolz, wenn ihn der Vater statt bei seinem Namen Rafael »Rafaella« nannte; die Mutter hatte ihm den teuersten Namen gegeben, den sie kannte.

Niemand durfte die Boote benutzen, niemand durfte fahren, niemand durfte durch den Wald gehen, der wurde ganz abgesperrt. Niemand durfte den Pferden oder den Kühen hinreichend Futter geben. Keine Reparaturen wurden vorgenommen; wollte die Herrin etwas auf eigene Hand ausbessern lassen, so wurden die Handwerker vom Hof hinuntergetrieben. Es unterlag keinem Zweifel: er wollte, daß alles verfallen sollte. Das Gut verlor an Wert, ebenso der Wald; ja, es war kein Geheimnis mehr zwischen den Bewohnern des Gutes, von denen es sich weiter und weiter verbreitete, daß der Wald überreif war. Die größten und besten Bäume gingen schon in Fäulnis über; allmählich würden alle es tun.

Mit zwölf Jahren saß Rafael drüben beim Propst in der Schule neben Helene, dem einzigen Kinde des Propstes. Sie war vier Jahre jünger und Rafael so unendlich lieb. Der Propst erteilte ihnen Religionsunterricht, das einzige Fach, in dem die Mutter den Sohn nicht unterwies. Der Propst erzählte von David. Die Erzählung zog vorüber mit Einwürfen und Erklärungen. Rafael sah es in Bildern – so hatte die Mutter es ihn gelehrt. Assyrische Kriegsknechte zogen vor den jüdischen einher; spitzbärtige Kriegergestalten mit schiefen Augen und länglichen Schilden zogen in Ketten vorüber. Die Weingärten am Abhang der Hügel lagen blaugrün da, die schmalen Schatten staubbedeckter Palmenzweige fielen auf staubige Wege. Dann alle hinein in einen Wald von wohlriechenden Bäumen, da hinein flüchten nämlich die Krieger – als die Erzählung von Absalom beginnt.

»Absalom lehnte sich gegen seinen Vater auf; denkt nur, wie entsetzlich,« sagte der Propst, der ein willensstarker Mann war, »sich gegen den Vater aufzulehnen.« Ohne es zu wissen, sah er Rafael an, der dunkelrot ward. Rafaels ganzes Sinnen und Trachten ging ja darauf hinaus, daß er groß und stark genug werden möge, um sich gegen seinen Vater auflehnen zu können.

»Aber Absalom ward auch auf eine wunderliche Weise bestraft«, erzählte der Propst: »Absalom verlor die Schlacht und blieb auf der Flucht durch die großen Wälder an seinem langen Haar hängen. Das Pferd lief unter ihm fort, und er ward von einem Speer durchbohrt...«

Rafael sah Absalom dort hängen, nicht in den langen assyrischen Gewändern, nicht mit spitzem Bart; nein, schlank und jung, in Rafaels eng anschließenden Beinkleidern, die am Knie mit den Strümpfen zusammentrafen, und in seiner eigenen Samtbluse und an seinem eigenen roten Haar! Er sah es so deutlich, so deutlich! Wie das Pferd weiterlief, das graue von daheim, auf dem er heimlich ritt, wenn der Vater seinen Mittagsschlaf hielt. Er sah den dünnen, langen Jüngling baumeln und sich hin und her drehen, einen Speer durch den Magen. So deutlich, oh, so deutlich!

Dies Bild, über das er mit niemand sprach, wollte ihn nicht wieder verlassen. Eine so sonderbare Strafe: weil er sich gegen seinen Vater aufgelehnt hatte, an seinem Haar hängen zu bleiben!

Die Geschichte kannte er ja schon von früher, nie aber hatte er Gewicht darauf gelegt.

Es war an einem Freitag, als sie so wie ein Blitz in ihn einschlug, und am Montagmorgen erwachte er dadurch, daß die Mutter mit ihren allergrößten, verwunderten Augen über ihn gebeugt stand. Das Haar war noch für die Nacht geflochten; die eine Flechte kitzelte ihm die Nase, dadurch erwachte er, ehe sie noch sprach. Sie stand über ihn gebeugt und starrte ihn an, angsterfüllt! Sie stand da in ihrem langen, weißen Nachtgewand, zierlich und voller Spitzen und mit bloßen Füßen. Sie würde sich niemals so vor ihm gezeigt haben, wenn nicht etwas Entsetzliches vorgefallen wäre, was sie zu ihm hineingetrieben hatte. Weshalb sprach sie nicht? Starrte nur, oder war es etwa kein Entsetzen, das aus ihren Augen sprach?

»Mutter!« rief er, sich aufrichtend.

Da beugte sie sich dicht über ihn. »Der Mensch ist tot«, flüsterte sie. Es war sein Vater, den sie »den Menschen« nannte; sie nannte ihn niemals anders. Rafael begriff es nicht, oder er war wie gelähmt. Sie wiederholte es laut, lauter: »Der Mensch ist tot, der Mensch ist tot!« und dann richtete sie sich zu ihrer ganzen Höhe auf, streckte die nackten Beine unter dem Nachtgewande hervor und tanzte. Nur ein paar Takte, worauf sie zur halb geöffneten Tür hinausschlich. Er sprang auf und ihr nach; da lag sie da drinnen über dem Sofa und schluchzte. Sie fühlte ihn hinter sich, erhob sich schnell, preßte ihn an sich, schluchzte. Er fühlte, wie sie am ganzen Körper bebte, gleichsam im Krampf.

Noch als sie unten an seiner Leiche standen, zitterte ihre Hand, die er in der seinen hielt, derartig, daß er den Arm um sie schlang: er glaubte, sie werde zusammenbrechen.

Wenn er später im Leben hieran zurückdachte, begriff er, welch eine unbeugsame Willenskraft sie in dem Kampf eingesetzt, aber auch, was er sie gekostet hatte!

Jetzt, im selben Augenblick, verstand er es nicht. Er dachte, sie leide bei dem Entsetzlichen, was sie jetzt sahen, so wie er litt. Dort lag der Riese elend und jämmerlich. Er, der sich einst seiner Sauberkeit rühmte und sie von allen forderte, lag dort schmutzig, unrasiert in den fettigen Fellen, die rochen, in so zerlumpter, unreinlicher Wäsche, daß kein Arbeiter auf dem Hofe es schlechter haben konnte. Die Kleidungsstücke vom gestrigen Tage lagen auf einem Stuhl neben dem Bett, ärmlich, vertragen, voller Schmutz, Schweiß, Tabak, stinkend wie alles hier. Sein Mund war verzerrt, die Hände krampfhaft geschlossen: er war am Schlag gestorben.

Und wie öde und verlassen es hier rings um ihn her war! Weshalb hatte der Sohn das bisher niemals gesehen? Weshalb hatte er nicht gefühlt, daß sein Vater einsam und verlassen war? Endlos verlassen war er gewesen.

Rafael fing an zu weinen. Und sein Weinen wuchs und füllte das Zimmer, ja alle Räume hier unten.

Sie kamen herein, die Leute vom Hof, einer nach dem andern; sie wollten sehen. Das Schluchzen des Knaben gab eine so unwillkürliche Erklärung, daß alle die Sache von einem neuen Gesichtspunkt sahen. Er war unsagbar unglücklich, verlassen, hilflos gewesen, er, der dort lag. Der Herr sei uns allen gnädig!

Nachdem Harald Kaas' Leichnam eingekleidet, das Gesicht rasiert war und man ihm die Augen geschlossen hatte, da schwand das Verzerrte; man sah die Leiden in dem Gesicht, aber auch die männlichen Züge. Man fand, daß er schön sei...

Wenige Tage nach der Beerdigung befanden Mutter und Sohn sich auf dem Wege nach England.

II.

Damit begann die lange Studienzeit, für die sie während all dieser Jahre unter allerhand Qualen und Entbehrungen die Mittel aufgespart und auf die sie ihn gleichzeitig durch ihren Unterricht vorbereitet hatte. Das Gut war völlig erschöpft, mit Hypotheken belastet, der Wald nur zu Brennholz zu verwerten. Ihr Nachbar, der Propst, ein kluger, praktischer Mann, übernahm die Aufsicht. Man mußte sofort mit dem Fällen der Wälder beginnen, um Geld zu schaffen; Mutter und Sohn wollten das nicht sehen.

Sie kamen nach England wie zwei Flüchtlinge, die nach langen und harten Prüfungen um ihrer Liebe willen ein neues Heim und ein neues Vaterland suchen. Sie lebten unzertrennlich und unpraktisch in dem fremden Gewimmel und schlossen sich dadurch, wenn möglich, noch fester aneinander an. Er zählte damals zwölf Jahre.

Und doch – nicht lange nachher fand ihr erster Zwist statt.

Er war in die Schule gekommen, hatte sich mit der Sprache und den Kameraden befreundet und fühlte sehr das Bedürfnis, sich vorteilhaft zu zeigen. Er war sehr lang und schlank, wollte aber auch gern stark sein. Er legte sich auf den Sport, errang hier jedoch keine Lorbeeren. Dahingegen wußte er mehr als die Kameraden, dank dem Unterricht der Mutter, und es gelang ihm, sich dadurch interessant zu machen. Die Stellung, die er infolgedessen einnahm, mußte behauptet werden. Aber nichts wirkte so sehr, als wenn er mit Norwegen und den Heldentaten seines Vaters prahlte. Er erzählte freilich mehr, als er verantworten konnte, das war aber nicht sein Fehler allein; er konnte freilich Englisch sprechen, doch fehlten ihm die Mittelfarben der Sprache, er brauchte die starken Ausdrücke, die man stets bei der Hand hat. Es entsprach der Wahrheit, daß er von seinem Vater zwanzig Gewehre, ein großes Segelboot und mehrere kleine geerbt hatte; aber so vorzüglich, wie alle diese Gewehre und Boote jetzt wurden! Er wollte so wie sein Vater nach dem Nordpol und Eisbären schießen, ja, lud sie ein, ihn zu begleiten. Innerhalb dieser großen Linie gab es mehr, als er selber ahnte, aber es genügte trotzdem nicht, denn es gehörte unendlich viel dazu, um sie jeden Tag zu befriedigen. Er mußte förmlich studieren, um die Sache im Gange zu halten. So kam es denn, daß er eines

Abends in Gesellschaft der Knaben zum Barbier hinabging und ihn ohne weiteres bat, ihm alles Haar abzuschneiden. Das mußte denn doch, zum Kuckuck auch! für eine ganze Weile vorhalten! Das Haar war Gegenstand des Spottes geworden, es hinderte ihn bei allen Spielen, er haßte es. Nach der Erzählung von Absaloms Empörung und Strafe durch das Haar war es ihm im geheimen auch ein Schrecknis geworden. Nie zuvor war er auf den Gedanken gekommen, zu einem Barbier zu gehen und ihn zu bitten, ihm das Haar zu schneiden. Die Kameraden waren auch ganz entsetzt: der Barbier fand, daß es ein Jammer sei: Rafael bekam schreckliches Kneifen im Magen. Aber gerade, daß es so etwas Schreckliches war, machte ihm Mut; jetzt sollten sie sehen, was er wagte. Der Barbier kam ja gar nicht auf den Gedanken, daß dies ohne das Wissen der Mutter geschah: da er aber unter dem Pensionat wohnte und vom ersten Tage an das Haar der Mutter und des Sohnes bewundert hatte, erlaubte er sich, Einwendungen zu erheben. Dadurch nahm das Kneifen, das Rafael in der Magengegend empfand, ganz ungeheuer zu. Aber jetzt durfte er sich nicht unterkriegen lassen.

»Weg damit!« sagte er und saß unruhig auf dem Stuhl.

»Ich habe niemals schöneres Haar gesehen«, sagte der Barbier bescheiden, indem er eine Schere ergriff, aber noch immer unschlüssig dastand.

Rafael sah, wie gespannt die Kameraden waren.

»Nur weg damit!« wiederholte er gleichgültig.

Der Barbier schnitt es so, daß er das Haar geordnet und gesammelt in der Hand behielt, und legte es vorsichtig in ein Papier. Die Knaben verfolgten jeden Schnitt mit den Augen, Rafael mit den Ohren; in den Spiegel sah er nicht.

Als der Barbier das Nachschneiden beendet und ihn gebürstet hatte, wollte er Rafael das Haar geben.

»Was soll ich damit?«

Er bürstete die Knie und die Ärmel ein wenig ab, bezahlte und ging, von den Kameraden gefolgt: eine eigentliche Bewunderung legten diese aber nicht an den Tag.

Er hatte im Fortgehen einen Schimmer von sich im Spiegel erwischt und fand, daß er abscheulich aussah. Er hätte alles hingegeben, was er besaß (und das war nicht viel), und er würde jegliche Qual ertragen haben, dachte er, wenn er nur sein Haar wiederhätte. Die verwunderten Augen der Mutter gingen in allen Nuancen vor ihm auf, seine eigene Jämmerlichkeit umtanzte ihn, seine Eitelkeit verhöhnte ihn; er schlich schließlich die Treppe zu seinem Zimmer hinauf und legte sich ohne Abendbrot zu Bett.

Die Mutter aber erwartete ihn vergebens und hörte schließlich etwas davon, daß er wohl schon nach Hause gekommen sei; da ging sie zu ihm hinauf. Er hörte sie auf der Treppe, merkte sie an der Tür. Als sie hereinkam, war er mit dem Kopf unter das Deckbett gekrochen. Sie zog es fort, und beim bloßen Anblick eines Schimmers ihres Entsetzens ward er selber so verzweifelt, daß die Tränen, die ihm aus den Augen flossen, plötzlich versiegten. Bleich, schreckengelähmt stand sie da. Sie glaubte nämlich im ersten Augenblick, daß ihm jemand einen bösen Streich gespielt habe. Da sie aber kein Wort der Erklärung erhielt, ahnte sie Unrat. Er fühlte, daß sie eine Erklärung, eine Entschuldigung, eine Bitte um Verzeihung erwartete, aber er konnte für sein Leben kein Wort hervorbringen. Was sollte er auch nur sagen? Er verstand das Ganze ja selber nicht. Jetzt aber brach er in Tränen aus, heftig, qualvoll; er krümmte sich, die Hände um den Kopf zusammenpressend, der voll von stechenden Stoppeln war; er heulte. Als er wieder aufblickte, war sie verschwunden.

Ein Kind schläft, gleichviel welchen Kummer es hat; als er mit den demütigsten Vorsätzen in größter Zerknirschung hinabkam, lag seine Mutter noch, sie sei nicht wohl, sie habe keine Minute geschlafen; das alles bekam er zu hören, ehe er zu ihr hineinging. Er öffnete ängstlich. Da lag sie ganz elend. Und auf der Toilette, in einem weißseidenen Tuch, lag sein Haar, geordnet und gekämmt. Sie selber lag in ihren Spitzen mit gefalteten Händen, große Tränen rollten ihr von den Wangen herab.

Er war gekommen, sich über sie zu werfen und sie tausendmal um Entschuldigung zu bitten. Eine innere Stimme sagte ihm, daß er das nicht dürfe – er wagte es nicht; sie lag gleichsam in Wolken, weit, weit weg. Sie lag wie in einem Gesicht. Etwas zugleich Gekränktes und Heiliges hielt sie an einem andern Ort fest; sie war rührend und erhaben dabei. Er wandte sich leise der Türe zu und trollte ab in seine Schule.

Sie lag sowohl an jenem Tage als auch am nächsten und ließ ihm durch das Mädchen sagen, sie müsse allein sein. Sie war gewöhnt, den Kummer so zu tragen, und daß er sich gegen sie auflehnen konnte, war der größte Kummer, den sie jemals empfunden hatte. Es war über sie gekommen wie ein Platzregen beim schönsten Sommerwetter. Jetzt halte sie eine Ahnung, wie sich sein Schicksal gestalten würde – und damit ihr eigenes! Die ganze Schuld suchte sie in seinem unglückseligen väterlichen Erbe; sie hatte keinen Begriff davon, daß eine ununterbrochene künstlerische Dressur und zu viel intellektueller Zwang sein Bedürfnis nach Unabhängigkeit wachgerufen haben konnte.

Die ersten Male, als sie ihn mit seinem kahlen Kopf wiedersah, der mehr und mehr die Form des Vaters annahm, rannen ihre Tränen leise. Wenn er dann auf sie zukommen wollte, erhob sie ihre feine Hand gegen ihn – er durfte nicht. Auch sprach sie nicht mit ihm. Wenn er sprach, sah sie ihn nur an, bis er in Tränen ausbrach. Denn er litt, wie man nur einmal leiden kann, wenn die Reue des Kindes neu und deswegen grenzenlos ist, und wenn sein Bedürfnis nach Liebe die erste Enttäuschung erleidet.

Als sie ihm aber am fünften Tage auf der Treppe begegnete – sie kam von oben, er von unten –, hielt sie an, ganz entsetzt über sein Aussehen. Bleich, mager, scheu; das fehlende Haar machte es schlimmer, als es vielleicht war. Fremd und arm blieb auch er stehen, die Augen trostlos ... Da füllten sich die ihren, da streckte sie die Arme aus! Er lag abermals in seinem Paradies, aber sie weinten beide, als müßten sie durch ein ganzes Wasser, ehe sie wieder miteinander reden konnten.

»Erzähl mir's jetzt!« flüsterte sie; es war in ihrem Zimmer, wo sie einander die ersten süßen Worte gesagt und sich wieder und wieder geküßt hatten. »Wie konnte es nur geschehen, Rafael?« flüsterte sie, ihren Kopf an den seinen lehnend; sie wollte ihn nicht dabei ansehen.

»Mutter,« erwiderte er, »es ist doch weit schlimmer, daß sie daheim auf Helleberg die Wälder vertilgen.«

Sie erhob den Kopf und sah ihn an. Sie hatte Hut und Handschuhe abgenommen, zog sie jetzt aber schnell wieder an. »Du, Rafael,« sagte sie, »wollen wir einen Spaziergang durch den Park machen, wie? Unter den hohen, alten Bäumen dort, wir beide?« Sie hatte seine Antwort genial gefunden.

Seit diesem Ereignis aber hatte sie einen Widerwillen gegen England, gegen seine Kameraden. Sie ersann allerlei, um ihn außer der Schulzeit von ihnen fernzuhalten. Das ward ihr nicht schwer, denn teils machte sie seine Schulaufgaben gemeinsam mit ihm, teils besuchten sie zusammen alle Fabriken, alle mechanischen oder chemischen Institutionen in meilenweitem Umkreis; sie liebte es, einen persönlichen Einblick zu gewinnen, und erweckte die Lust dazu in ihm. Fabriken, die sich sonst Fremden nicht erschlossen – eine feine, schöne Dame mit einem hübschen Jungen an der Hand, »die ja doch nichts von dem Ganzen verstand«, bekam fast alles zu sehen, was sie wollte. Schwierigkeiten suchte sie zu überwinden, indem sie sich direkt höheren Orts hinwandte, und es mißlang ihr nur selten. Was sie nicht verstand, beschäftigte sie unablässig, und sie suchte Hilfe. Und dann ward es eine neue Aufgabe, es Rafael zu erklären – die befriedigendste, die sie kannte.

Seine Anlagen und Neigungen gingen nach dieser Richtung, aber für einen dreizehnjährigen Knaben, den es gänzlich von den Kameraden und von allen Spiel fernhält, wird dies bald eine Plage. Kaum hatte sie dies bemerkt, als sie der Sache ein Ende machte. Sie verließ England und reiste nach Frankreich. Infolge der neuen Sprache war er wieder ausschließlich auf sie angewiesen: sie teilte ihn mit niemand. Sie ließen sich in Calais nieder. An einem der ersten Tage ihres dortigen Aufenthalts schnitt sie ihr Haar ab. Sie glaubte, es werde Eindruck auf ihn machen, daß, wenn er ihr nicht gleichen wolle, sie ihm gleichen und Knabe sein wolle wie er. Sie kaufte einen neuen, flotten Hut, sie komponierte eine neue, schneidige Toilette, denn mit dem Haar mußte alles geändert werden. Als sie aber vor ihrem Sohne stand wie ein Mädchen von fünfundzwanzig Jahren, lustig, beinahe ausgelassen, da war er nur erschrocken. Ja, es währte, eine ganze Weile, ehe er sich darüber klar werden konnte, was dies eigentlich zu bedeuten hatte. Solange er sich seiner Mutter entsinnen konnte, waren ihre Augen in ein Antlitz mit einer Krone darüber eingerahmt; alles feierlicher, schöner. »Mutter,« sagte er, »wo bist du nur einmal geblieben?«

Sie erbleichte, ward still, stammelte etwas, daß es ihr so bequemer sei, daß rotes Haar sich nicht mache, sobald es anfange, die Farbe zu wechseln, und begab sich auf ihr Zimmer.

Dort saß sie, sein Haar vor sich und ihr eigenes daneben: sie weinte. »Mutter, wo bist du nur einmal geblieben?« Sie hätte antworten können: »Rafael, wo bist du nur einmal geblieben?«

Sie streifte mit ihm überall umher. Zwei schöne Menschen, stilvoll gekleidet, werden in Frankreich stets Beachtung finden, und das war ganz nach ihrem Sinn. Auf allen diesen Ausflügen sprach sie Französisch. Er bat sie so flehentlich, doch wenigstens hin und wieder ein wenig zu sprechen, was er verstehen könne. Nein, daraus wurde nichts. Wieder in alle möglichen und unmöglichen Fabriken mit ihm. So unpraktisch und zurückhaltend sie sonst war – handelte es sich darum, Zutritt zu einem Dampfofen zu erlangen, so war sie voller List und Koketterie. Im übrigen so besorgt um ihre Toilette – wenn es förderlich für Rafaels mechanische Einsicht war, kam sie mit Ruß und Schmutz bedeckt wieder heraus. Sie wich vor schlechter Luft zurück wie vor der Cholera – bewegte sich aber in Schwefelsäuregestank, als sei es Ozon, um Rafaels willen. »Mit eigenen Augen sehen, Rafael, das ist das Leben, alles andere ist nur der Schatten davon.« Oder: »Mit eigenen Augen sehen. Rafael, das ist das tägliche Brot, das andere ist Literatur.«

Er war nicht ganz derselben Ansicht. Er fand, daß » *Notre-Dame de Paris*«, ein Buch, von dem er täglich aufgescheucht wurde, die köstlichste Mahlzeit sei, die er jemals genossen hatte: *Mazet et fils'* Fabrik hauchte hingegen Totengeruch aus. Seine Lektüre – sie hatte ihn selber der Sprache wegen darin eingeführt und war ihm selber behilflich gewesen – gab ihr jetzt Anlaß zur Eifersucht. Sie war nicht zu bewegen, ihm ein neues Buch zu beschaffen.

Aber er wußte trotzdem seinen Zweck zu erreichen.

Sie waren mehrere Monate in Calais gewesen; er hatte Lehrer gehabt und fing an, sich zurechtzufinden, als eine Witwe aus einer der Kolonien in die Pension kam; sie hatte eine dreizehnjährige Tochter bei sich. Diese Neuangekommenen waren keine zwei Tage bei den

Mahlzeiten erschienen, als der junge Herr schon versuchte, der jungen Dame den Hof zu machen. Dies wurde vom ersten Augenblick an sehr gnädig aufgenommen. Bald amüsierten sich alle in der Pension köstlich darüber, wie fließend er die Sprache sprechen lernte, ja zuweilen sogar mit eleganten Wendungen.

Sie lehrte ihn ohne eine Spur von Grammatik, in Anmut, Munterkeit und leichtem Geschwätz. Ein Paar treuherzige Augen und eine muntere Stimme genügten. Und von ihr bekam er ganz im geheimen einen Roman nach dem andern, denn heimlich mußte es zugehen. Heimlich hatte Lucie sich die Bücher verschafft, heimlich steckte sie sie ihm zu, heimlich wurden sie gelesen und heimlich wieder zurückexpediert. Er war ziemlich zerstreut bei seinem Unterricht; sonst aber verriet nichts seine literarischen Ausflüge, so ganz ungewöhnlich waren sie ja auch nicht. Frau Kaas sah die Courmacherei des Sohnes und lächelte mit den anderen über seine Fortschritte im Französischen; sie hatte weniger gegen diesen Verkehr, an dem sie selber bis zu einem gewissen Grade teilnahm, als gegen den in England, der sie ganz ausgeschlossen hatte. Sie nahm Mutter und Tochter oft auf kleinen Ausflügen mit und hatte Freude daran.

Aber das Romanlesen, das die beiden verstohlen betrieben, hatte allmählich Unterhaltungen erwachsener Art zur Folge: sie sprachen von Liebe mit jener tiefen Erfahrung, die ihrem Alter eigen ist; sie sprachen mit noch größerer Sicherheit davon, wie eine Ehe sein müsse. Hierbei sagten sie einander indirekt mancherlei, was ihnen einen Genuß gewährte, ja wobei sie erzitterten. Als sie sich daran gewöhnt hatten, durch andere von sich selber zu sprechen, ihre eigenen Gefühle in denen fremder zu charakterisieren, ward es ihnen leicht, das Spiel in Gegenwart anderer weiterzutreiben. Ehe sie selber es ahnten, waren sie dadurch in eine symbolische Sprache hineingeraten. Frau Kaas fiel es eines Abends auf, daß das Wort »Rose« häufiger wiederholt wurde, als es das Interesse an einer Rose möglich erscheinen ließ. Gleichzeitig sah sie das amüsante Schmachten ihrer Augen. Da unterbrach sie sie durch die Frage: »Was meint ihr eigentlich mit der Rose, Kinder?«

Würde jemand in eine Rosenhecke hineingeguckt haben, wo sie zusammen saßen und sich küßten, was sie niemals getan hatten, so hätten sie nicht tiefer erglühen können.

Am nächsten Tage hatte Frau Kaas eine neue Wohnung fern von dem Kai, an dem sie jetzt wohnten, gefunden.

Rafael hatte sehr gelitten, als man ihn von England losriß, gerade in dem Augenblick, wo er von seiner hohen Leiter herabgeklettert war und sich gemütlich zwischen seine Kameraden gesetzt hatte. Aber es war nicht die geringste Rücksicht auf seinen Schmerz genommen worden. Auch die absolute Absperrung, selbst von den Büchern, die er liebte, war schwer für ihn gewesen. Bisher war er ja aber in dem fremden Lande und der fremden Sprache hilflos auf sie angewiesen gewesen. Jetzt lehnte er sich offen auf: Er kehrte ohne weiteres ins Hotel zurück, suchte Frau Mery und ihre Tochter auf, als sei nichts vorgefallen. Dies tat er jeden Tag, sobald er seine Studien beendet hatte. Lucie selber ward jetzt sein Roman, ihr widmete er seine ganze freie Zeit.

Und mehr als das – denn es genügte ihm nicht mehr, mit ihr bei ihrer Mutter zusammen zu sein – sie hatten Rendezvous auf dem Kai. Zuweilen begleitete ein Mädchen die kleine Lucie des Scheines halber, doch hielt es sich meistens in einer gewissen Entfernung. Bald waren sie an Bord von norwegischen Schiffen, bald segelten sie, bald suchten sie den Schutz einiger großer Bäume auf. Wenn er sie in ihrem kurzen Kleide aus der Tür kommen sah mit ihren munteren Bewegungen, wenn er schon von weitem einen fröhlichen Gruß mit dem Sonnenschirm oder mit dem Hut oder einem Blumenstrauß erhielt, schienen ihm die Kais, die Schiffe, die Ballen, die Tonnen, der Geruch, der Lärm, das ganze geschäftige Treiben zu spielen und zu singen:

> *» Enfant! si j'étais roi, je donnerais l'empire*
> *Et mon char et mon sceptre et mon peuple à genoux«*

und er lief ihr entgegen! Niemals verstieg er sich weiter, als ihre beiden rundlichen, braunen Hände in die seinen zu nehmen, und niemals sagte er mehr als: »Sie sind entzückend, Sie sind sehr, sehr gut!« und sie kam niemals weiter, als daß sie ihn ansah, mit ihm ging, ihm zulachte und zu ihm sagte: »Sie sind nicht wie die anderen!«

Was in der Lebenserfahrung dieses dreizehnjährigen Mädchens lag, daß sie ein so großes Wort sagen konnte, weiß außer ihr nur Gott allein. Er fragte nicht danach, dazu war er viel zu überzeugt, daß es wahr war.

Sie lehrte ihn Französisch, wie wenn zwei Vögel einander aus dem Munde picken, oder wie derjenige, der aus einem Quell trinkt, sich gleichzeitig darin spiegelt.

Eines Tages, als Mutter und Sohn zusammen frühstückten, sah sie ruhig zu ihm hinüber: »Ich habe von einer ausgezeichneten Vorbereitungsschule für technische Studien in Rouen gehört. Ich schrieb dahin, und hier ist die Antwort: sie gefällt mir nach jeder Richtung hin: sie wird auch dir gefallen, wenn du sie liest. Ich denke, wir reisen dahin. Was meinst du?«

Er ward erst rot, dann bleich, legte sein Brot hin und seine Serviette, erhob sich und ging.

Späterhin am Tage fragte sie ihn wieder, ob er denn den Brief aus Rouen nicht lesen wolle. Er verließ sie, ohne zu antworten. Später noch einmal wieder, gerade als die Stunde nahte, wo er Lucie auf dem Kai treffen sollte, sagte sie, und diesmal mit Bestimmtheit, daß sie in einer guten Stunde reisen würden: sie habe gepackt. Noch während sie dastanden, kam der Diener und holte das Gepäck. Da fühlte er, wie gut er es verstehen könne, daß sein Vater ihr die Rute gegeben hatte.

Im Wagen, der sie zur Bahn führte, war sein Schmerz so groß, daß sie ebensogut hätte dasitzen und ihn mit einem Messer durchbohren können. Im Coupé sah er nicht nach ihrer Seite hinüber.

Alle die ersten Tage in Rouen antwortete er nicht, fragte er nicht: er hatte ihre eigene Taktik angenommen. Er führte sie mit einer Grausamkeit durch, von der er selber keine Ahnung hatte. Lange hatte er Kritik an ihr geübt: jetzt breitete sie sich über alles aus, was sie tat und sagte: der Geist der Anklage, ihr Wesen, ihre gemeinsame Vergangenheit wurden ausgegraben und verwandelten sich. Die gebeugte Gestalt des Vaters unten im Stuhl auf den haarlosen Fellen, im Schmutz und Gestank – jetzt erhob sie sich gegen sie da oben in den reich ausgestatteten, gelüfteten, oft parfümierten Räumen! Von dem Augenblick an, als Rafael über der Leiche des Vaters gestanden, hatte er gefühlt, daß schlecht gegen den alten Mann gehandelt worden war. Ihn selber hatte man verleitet, seinen Vater zu vernachlässigen, ihn zu meiden, seine Befehle zu umgehen. Bisher hatte er die Schuld auf die Leute auf dem Gute verteilt.

Jetzt buchte er alles der Mutter an! Sein Vater hatte sie ja angebetet, und die Liebe hatte sich in wilden, selbstverzehrenden Haß verwandelt. Was war geschehen? Er wußte es nicht. Daß aber die Mutter die Fähigkeit besaß, Funken aus einem Halbtoten zu schlagen, das fühlte er. Er sah Lucie mit ihren Blumen daherspringen, sah, wie sie sich strahlend nach ihm umschaute, den ganzen weiten Weg entlang, immer weiter und weiter vornübergebeugt, dann so still. Er konnte nicht ohne Tränen daran denken – und wie er da haßte!

Doch ein Kind ist ein Kind: fürs Leben hält so etwas nicht vor. Dadurch, daß der Ort neu und geschichtlich berühmt war, dadurch, daß das Studium begann und sie stets zugegen war, ging es vorüber. Aber die Spannung war da, und zwar von beiden Seiten. Die Kritik, die in England begonnen hatte, verließ ihn nicht mehr.

In den Studien führten sie ein fruchtbares Zusammenleben: er war ihr Schüler gewesen und endete als ihr Lehrer; sie wollte ihm das Geleite geben, und dies Geleite ward ihm eine Hilfe infolge ihrer fast kleinlichen Genauigkeit und ihrer verständigen Fragen.

Auch außerhalb der Studien hatten sie schöne Stunden, aber sie wußten beide, daß es etwas gab, was aus ihrer Unterhaltung ausgeschlossen war, was nie wieder hineinkommen würde.

Wenn sie gute Freunde waren, sah er ihre vorzüglichen Seiten und ihr aufopferndes Leben: standen sie sich feindlich gegenüber, so sah er genau das Gegenteil. Waren sie gute Freunde, so tat er in der Regel alles, was sie wünschte – er war im Lande der Höflichkeit und unter ihrem Einfluß: standen sie sich feindlich gegenüber, so tat er das Schlimmste, was er nur erdenken konnte. Er trieb sich früh mit lockeren Kameraden umher und gab sich früh Ausschweifungen hin. Er war der Sohn der Empörung.

Hinterdrein litt er dann entsetzliche Qualen. Sie sah es, und sie wollte, er sollte fühlen, daß sie es empfand. »Ich bemerke eine fremde Atmosphäre hier – pfui! Jemand hat seine Atmosphäre mit der deinen vermischt – pfui!« Und dann besprengte sie ihn mit Parfüm! Er erglühte wie eine Georgine und hätte in seinem Jammer und seiner Schmach gern den Kopf in den Kamin gesteckt. Machte er aber den geringsten Versuch, zu reden, so ward sie steif wie ein Pfahl, streckte die schmale Hand aus: »Taisez-vous! Des égards, s'il vou plait!«

Es sei zu ihrer Entschuldigung gesagt, daß sie trotz der kühnen Erzählungen, die sie einst geschrieben hatte, im Leben ohne alle Erfahrung war: sie besaß gar nicht die Form zu einer solchen Vertraulichkeit.

So kam es, daß sie, die einstmals alles in seinem Leben, jeden Gedanken darin hatte beherrschen, die ihn mit niemand, ja nicht einmal mit einem Buch hatte teilen wollen, allmählich dahin gelangte, daß sie ihr Verhältnis zu ihm ganz auf seine Studien beschränkte.

Die französische Sprache eignet sich vorzüglich zur Rücksicht aus der Ferne, zur Diplomatie, dies machten sie sich zunutze: ja, von Anfang an hatte sie ihnen vielleicht zu dieser Form des Zusammenlebens verholfen, sie gab Anlaß zu weniger Zusammenstößen, und sie war billiger. Sobald das Geringste vorlag, hieß es: »Monsieur mon fils!« oder schlecht und recht: »Monsieur!« – » *Madame ma mere!*« oder schlecht und recht: » *Madame!*«

Eine Zeitlang sah es so aus, als müsse es ihm schlecht ergehen. Sein starkes Wachsen und die angestrengten Studien, zu denen sie ihn anhielt, erlaubten ihm nicht, seine Kräfte noch anderweitig zu vergeuden.

Aber dann geschah etwas.

In einer französischen Chemikalienfabrik stand er eines Tages, neunzehn Jahre alt, und sah, daß die Hälfte der Treibkraft gespart werden konnte. Sah es mit einem Blick, als sei ein Blitz herniedergefahren. Der Sohn des Besitzers war sein Studiengenosse: er hatte ihn dahin geführt, ihm vertraute er sich an.

Den Plan zur Ersparnis arbeiteten sie mit fieberhaftem Eifer zusammen aus, bis auf die geringsten Einzelheiten; er war sehr zusammengesetzt, weil der ganze Betrieb es war. Der Vorschlag ward dann von dem Besitzer, seinem Sohn und deren Gehilfen gründlich geprüft und man beschloß, den Versuch zu machen.

Es gelang bis zur Vollkommenheil: weniger als die Hälfte der Treibkraft genügte.

Er war nicht zugegen, als alles fertig war; er befand sich in einer Grube. Seine Mutter war nicht mit ihm; er konnte sie niemals bewegen, mit in eine Grube zu kommen. Gleich nach seiner Rückkehr eilte er mit ihr hin, um sein Werk in Augenschein zu nehmen. Sie sahen es: sie erröteten beide über die Ehrerbietung, mit der die Arbeiter ihnen begegneten. Sie waren ganz bewegt, als der Besitzer herbeigerufen wurde und sie seine stürmische Freude sahen und hörten. Der Champagner floß, und man hielt begeisterte Reden. Der Mutter ward das schönste Blumenbukett überreicht.

Ganz wirr von all der Ehre und dem Wein, stolz darauf, ein Genie genannt zu werden, schritt er von dannen, die Mutter am Arm. Er hatte das Gefühl, als befände er sich auf der einen und die ganze Welt auf der anderen Seite! Seine Mutter hielt die Blumen in der Hand und war glücklich.

Rafael halte einen neuen Überrock an – ganz so einen, wie er ihn sich gewünscht hatte: sehr lang, mit seidenen Aufschlägen: er freute sich darüber. Es war ein klarer Wintertag, der spiegelte sich in der Seide und in noch anderem. »Kein Flecken am Himmel, Mutter«, sagte er. – »Und auch keiner auf deinem neuen Rock«, fügte sie hinzu: auf dem alten waren nämlich eine Menge gewesen, und sie hatten alle ihre Geschichte gehabt. Er war jetzt zu groß, um sich zu ärgern, und auch zu glücklich. Sie hörte ihn eine Melodie summen; es war die norwegische Nationalhymne. Wie aus Elysium kommend, kehrten sie in die Stadt zurück: alle Vorübergehenden schauten sich nach ihnen um, die Leute ahnen das Glück. Rafael war auch einen Kopf größer als die meisten, blonder von Farbe; er führte seine elegante Mutter, die den Blumenstrauß in der Hand trug, in schnellem Schritt und schaute, einen Lichtkranz ums Haupt, von dem sonnenbeschienenen Hügel über den Boulevard hinaus.

»Es gibt Tage, an denen man sich neu fühlt«, sagte er.

»Es gibt Tage, die einem große Schätze zuführen«, bemerkte sie.

Er preßte ihren Arm an sich.

Sie kamen nach Hause, legten das Überzeug ab und sahen einander an. Die Entwürfe zu dem, was sie eben ausgeführt gesehen halten, lagen da, auch einige Zeichnungen. Die nahm sie und drehte sie zu einem Stab zusammen.

»Rafael,« sagte sie und stellte sich halb lachend, halb bebend auf, »knie nieder! Ich will dich zum Ritter schlagen.«

Er fand das nicht unnatürlich; er tat es.

» *Noblesse oblige*!« sagte sie und berührte sein Haupt mit der Rolle. Dann aber ließ sie den Stab schluchzend fallen; er mußte aufspringen und sie in die Arme schließen.

Am Abend feierte Rafael ein fröhliches Gelage mit den Kameraden, die ihm wild huldigten. In der Nacht aber lag er, von Mutlosigkeit überwältigt, in seinem Bett. Das Ganze konnte ja schließlich nur ein Zufall sein! Er hatte ja so viel gesehen und besaß so viele Kenntnisse, folglich war es keine Erfindung. Aber was denn sonst? Er war gewiß gar kein Genie, das mußte Übertreibung sein. Konnte man sich ein Genie ohne Siegeszuversicht vorstellen? Oder hatte sein eigenartiges Leben dem Siegesbewußtsein Abbruch getan? Stets eine Spannung, die der Hingebung schadete! Stets ein schlechtes Gewissen, ein entsetzlich, abscheulich schlechtes Gewissen! Diese unüberwindliche Angst, war sie eine Vorbedeutung? Warnte sie vor der Zukunft? –

Ein halbes Jahr später konzentrierten sich seine zerstreuten Studien auf die Elektrizität, und dies führte sie dann später nach München.

Während dieser Studien kam es ganz von selber, daß er anfing zu schreiben. Die Studenten hatten einen Verein, und dort sollte er etwas leisten. Aber das, was er schrieb, war so eigentümlich, daß man ihn bat, es dem Professor zu zeigen, und dieser ermunterte ihn sehr. Der Professor ließ auch seinen ersten Aufsatz drucken.

Eine norwegische technische Zeitschrift nahm einen seiner späteren Aufsätze auf, und dies ward der äußere Anstoß, daß sich seine Gedanken auf Norwegen richteten.

Norwegen war für ihn das gelobte Land der Elektrizität: seine unzähligen Wasserfälle können die ganze Welt versorgen! Er sah das Land in winterlichem Dunkel daliegen, umglüht von elektrischem Glanz: er sah es auch als Weltfabrik, vor der die Schiffe lagen. Jetzt hatte er einen Zweck, heimzukehren!

Seine Mutter teilte seine Vaterlandsliebe nicht und hatte kein Bedürfnis, in Norwegen zu leben. Aber das Geld, das sie zu seiner Ausbildung aufgespart hatte, war längst verzehrt; Helleberg hatte seinen Teil gefordert. Einkünfte gab das Gut nicht; es bestand ja im wesentlichen aus Waldungen, und der Wald war noch zu jung.

Also heim! Ein paar Jahre allein auf Helleberg, das war gerade, was er wünschte.

Aber jedesmal, wenn der zur Abreise festgesetzte Zeitpunkt heranrückte, trat irgendein Hindernis ein.

Zuerst schützte er eine kleine Erfindung vor, auf die er ein Patent nehmen wollte. Bisher hatte er nur Ideen entworfen, die sich andere zunutze gemacht hatten: jetzt sollte das anders werden. Die Erfindung ward patentiert und einem Agenten zum Vertrieb übergeben. Aber noch immer reisten sie nicht, was stand dem im Wege? Eine neue Erfindung mit neuem Patent, leichter zu verkaufen als die erstere, die leider nicht ging. Auch dies Patent wurde aufgenommen, kostete Geld und ward zum Vertrieb übergeben. Konnte er denn jetzt nicht reisen? Ja, er glaubte wohl.

Frau Kaas aber begriff bald, daß es nicht sein Ernst war. Da nahm sie die Hilfe eines jungen Verwandten, Hans Ravns in Anspruch. Er war Ingenieur wie die meisten Ravns, und Rafael hielt große Stücke auf ihn. Hauptsächlich wohl, weil er selber seinem Temperament nach ein Ravn war, was er bisher nicht gewußt hatte; das war eine förmliche Entdeckung! Er hatte geglaubt, die Ravns seien wie seine Mutter, hörte nun aber, daß sie gerade etwas ganz anderes war.

Zu Hans Ravn sagte Frau Kaas geradezu, jetzt müßten sie reisen! Die Abreise sei auf den letzten Mai festgesetzt, und das solle er erzählen, denn es würde helfen, wenn es allgemein bekannt sei.

Hans Ravn erzählte die Neuigkeit an alle, teils weil das seine Force war, teils weil er wollte, daß etwas geschehen sollte, zum Beispiel ein Abschiedsfest, wie man etwas Ähnliches niemals erlebt hatte.

Ein Abschiedsfest kam auch wirklich unter allgemeiner Beteiligung zustande und endete damit, daß die ganze Gesellschaft in geschlossenem Zuge den Ehrengast nach seiner Wohnung begleitete. Dabei gerieten sie in eine Schar Offiziere, die auf gleiche Weise nach Hause zogen – fast wäre es zu einem Streit gekommen; aber man versöhnte sich, und die Ingenieure brachten ein Hoch auf die Offiziere aus und die Offiziere eins auf die Ingenieure. Am nächsten Tage stand die ganze Geschichte von dem Abschiedsfest und dem Zusammenstoß in den Zeitungen.

Dies sollte Folgen haben, wie sie Frau Kaas sich nicht hatte ahnen lassen.

Zuerst eine sehr angenehme. Der Professor, der Rafaels ersten Versuch hatte drucken lassen, hielt mit seiner Familie in einem Wagen vor Frau Kaas' Wohnung: er stieg die Treppe hinauf und fragte, ob sie nicht in ihrer Gesellschaft noch einmal das Schönste von der Umgebung Münchens in Augenschein nehmen wolle. Sie fühlte sich geschmeichelt und fuhr mit ihnen. Unterwegs sprachen sie ja nur von Rafael. Teils von seiner Person – er war ja aller Damen Liebling –, teils von der Zukunft, der er entgegenging: der Professor meinte, er habe nie einen begabteren Schüler gehabt. Frau Kaas hielt einen vorzüglichen Krimstecher in der Hand; jedesmal, wenn die Bewegung sie übermannte, hielt sie ihn vor die Augen, und die Lobpreisungen ergossen sich über die Architektur und die Landschaft wie Sonnenschein. Die kleine Gesellschaft speiste zusammen und fuhr am Nachmittag zurück.

Als sie ihre Zimmer betrat, schlug ihr ein betäubender Blumenduft entgegen. Einige Bekannte, die bisher nicht gewußt hatten, wann sie reisen würden, wollten sich ebenfalls feierlich verabschieden. Übrigens habe es den ganzen Vormittag geschellt, erzählte das Mädchen.

Nach einer Weile kamen Rafael und Hans Ravn und ein paar befreundete Familien; sie wollten durchaus gemeinsam zu Abend essen. Der Verkauf des letzten Patents schien zu glücken; man mußte das Ereignis im voraus feiern. Frau Kaas war in rosigster Laune, und man machte sich auf den Weg. Draußen war der Frühlingsabend so herrlich, daß man ihn in ländlicher Umgebung genießen mußte – deswegen weit aus der Stadt hinaus!

Man speiste im Freien und eine ganze Menge Menschen bewegte sich rings um sie her. Da war Musik und Frohsinn und, als die Dämmerung hereinbrach, eine weiche, wogende Stimmung. Die Lampen wurden angezündet, und nun halten sie zu der einen Seite den Lichtglanz, der über der großen Stadt lag, zur andern das Halbdunkel mit schimmernden Punkten, und dies ward bildlich ausgelegt in den Reden, mit denen man die Heimwärtsziehenden feierte.

Da strichen ein paar Damen an Rafaels Stuhl vorüber, langsam. Frau Kaas saß ihm gerade gegenüber und sah es, er nicht. Eine Strecke von ihnen entfernt, standen sie still und warteten, jedoch ohne bemerkt zu werden. Dann wieder zurück, hart an seinem Stuhl vorüber, langsam. Wiederum vergebens!

Dies verstimmte Frau Kaas. So stark war ihre Persönlichkeit, daß ihr Schweigen einen leichten Schleier über die ganze Gesellschaft breitete. Man brach auf.

Am nächsten Vormittag – Rafael war wieder aus im Interesse seines Patents – schellte es. Das Mädchen kam mit einer Rechnung, die sei gestern auch schon dagewesen. Die Rechnung war von einem der größten Restaurateure und keineswegs klein. Frau Kaas halte keine Ahnung, daß Rafael Schulden halte, und noch dazu bei einem Restaurateur! Sie ließ sagen, ihr Sohn sei mündig, sie sei nicht sein Kassierer. Es schellte wieder, und das Mädchen kam mit einer neuen Rechnung, die ebenfalls gestern schon dagewesen war; sie war von einem bekannten Wildhändler – auch dieser Betrag war nicht unbedeutend. Es schellte. Diesmal war es eine Blumenrechnung, eine beträchtliche Summe. Auch die war gestern schon dagewesen. Frau Kaas las sie zweimal, dreimal, viermal; es wollte ihr nicht in den Kopf, daß Rafael Geld für Blumen schulden könne – wozu brauchte er die nur? Es schellte; eine Rechnung vom Goldschmied kam. Jetzt war Frau Kaas so nervös geworden durch all dies Schellen und alle diese Rechnungen, daß sie die Flucht ergriff. Das also war der Grund, weshalb Rafael nicht reisen wollte; er saß fest! Deswegen dieser Eifer, das Patent zu verkaufen – er mußte sich loskaufen.

Kaum war sie zur Haustür hinaus, als eine kleine, bescheidene, ältere Dame auf sie zutrat und ängstlich fragte, ob sie vielleicht Frau von Kaas sei. »Noch eine Rechnung?« dachte Frau Kaas und betrachtete die Dame. Es war eine dünne, geplünderte Rosenhecke mit einigen verspäteten welken Blüten; sie schien arm und unerfahren in allem, ausgenommen in Demut.

»Was wünschen Sie von mir?« fragte Frau Kaas teilnehmend, entschlossen, diese Ärmste sofort zu bezahlen, was es auch sein möge.

Die Kleine bat tausendmal um Verzeihung, aber sie sei eine Beamtenwitwe und habe in der Zeitung gelesen, daß der junge von Kaas abzureisen gedenke, und darüber waren sie und ihre Tochter so verzweifelt, daß sie den Entschluß faßte, zu Frau von Kaas zu gehen, die ja die einzige sei – hier fing sie an zu weinen.

»Was will Ihre Tochter von mir?« fragte Frau Kaas bedeutend weniger sanft.

»Ach, tausendmal um Verzeihung, gnädige Frau!« Ihre Tochter sei mit Hofrat von Aachen verheiratet ihrer großen Schönheit wegen: ach, sie sei so unglücklich, denn Hofrat von Aachen trinke und sei brutal. Auf einem Künstlerfest habe Herr von Kaas ihre Bekanntschaft gemacht – »und dann, wissen Sie, zwei so junge, reizende Leute –«

Sie schaute zu Frau Kaas auf wie aus einem Kellerfenster bei Regenwetter.

Frau Kaas hatte aber ihre ganze steife Haltung wiedergewonnen: hoch oben aus dem zweiten Stock hörte die kleine Geplünderte: »Was wünscht Ihre Tochter von meinem Sohn?«

»Tausendmal um Verzeihung!« Aber sie seien auf den Gedanken gekommen, ob ihre Tochter nicht mit nach Norwegen reisen könne. Norwegen sei ja ein so freies Land, »und die zwei Jungen haben sich so gern.«

»Hat er ihr das versprochen?« fragte Frau Kaas mit der Kälte, die dem Schatten eines hohen Hauses eigen zu sein pflegt.

»Nein, nein, nein!« klang es erschreckt. »Nein, nein, nein!« Die beiden, Mutter und Tochter, seien heute auf den Einfall gekommen, als sie in der Zeitung gelesen hatten, daß der junge von Kaas abreisen wolle. Herrgott im Himmel, wenn die Plagen ihrer Tochter auf einmal ein Ende haben könnten. Frau von Kaas könne sich nicht vorstellen, was für eine treue Seele, welch eine zärtliche Gattin ihre Tochter sei ...

Frau Kaas eilte auf die andere Seite bei Straße hinüber, nicht gerade wie jemand, der hinter seinem Hut herläuft: aber der kleinen Person, die drüben im Schatten mit gefalteten Händen und angsterfüllten Augen stehen blieb, schien es, daß sie schneller entwich als die Hoffnung des Armen.

Auf der anderen Seite stand ein schönes, junges Blumenmädchen und wartete auf die elegante Dame, die herüberkam: »Bitte, gnädige Frau!«

»Noch eine!« dachte die geängstigte Mutter; sie schaute sich nach Rettung um, eilte die Straße hinauf, so schnell sie konnte, als eine zweite Dame gerade vor ihr auftauchte, die Augen so sonderbar auf Frau Kaas richtend. Nun flüchtete diese in die Mitte der Straße und rettete sich in eine Droschke.

»Wohin?« fragte der Kutscher. Er sah, daß sie Eile hatte.

Daran hatte sie nicht gedacht, antwortete aber resolut: »Bavaria!« Sie hatte sich wirklich mit dem Gedanken beschäftigt, vor ihrer Abreise Stadt und Umgegend vom hohen Kopf der Bavaria aus in Augenschein zu nehmen.

Da draußen waren viele Menschen, aber Frau Kaas kam bald an die Reihe, hinaufzusteigen, und gerade, als sie den Kopf der Riesenjungfrau erreicht halte und sich anschickte, um sich zu schauen, hörte sie hinter sich eine Dame flüstern: »Das ist seine Mutter!« Wahrscheinlich waren mehr Mütter als Frau Kaas oben im Kopf der Bavaria; sie aber nahm ihre Röcke zusammen und stürzte wieder die Treppe hinab.

Rafael kam nach Hause, um seine Mutter zum Essen abzuholen. Er war in rosigster Laune, er hatte sein Patent verkauft. Seine Mutter aber fand er in der hintersten Sofaecke, den Krimstecher in der Hand. Als er mit ihr sprach, antwortete sie nicht, richtete aber den Krimstecher auf ihn, die kleinen Gläser nach außen, die großen vor die Augen haltend: sie wollte ihn so weit wie möglich von sich distanzieren.

III.

An einem schönen Abend zu Anfang Juni verließen sie den Dampfer in der Stadt und bestiegen das Boot, das sie nach Helleberg führen sollte. Sie kannten niemand von den Leuten, obwohl diese vom Hofe waren, und auch das Boot war neu. Aber die Werder, zwischen denen sie bald hindurchruderten, waren noch die alten. Sie hatten lange auf sie gewartet und waren hinausgeschwommen, um sie in Empfang zu nahmen; sie machten jetzt Platz, einer nach dem andern, damit das Boot hindurchkommen konnte. Keines von beiden sprach mit den Leuten, aber auch miteinander sprachen sie nicht; daraus erkannten sie gegenseitig ihre Stimmung, nämlich, daß sich beide fürchteten. Es kam so auf einmal! Der fröhliche Abendsonnenschein, der über Meer und Werdern lag, der würzige Duft vom Lande her, das geschäftige Plätschern eines kleinen Küstendampfers, der an ihnen vorüberfuhr – nichts vermochte sie zu trösten. Jetzt, wo es an sie herantrat, erhob sich die Verantwortung, die alte wie die neue. Und wie mochte das aussehen, wo sie jetzt hinkamen, wie würden sie da hineinpassen? Bald hatten sie die schmale Strecke passiert, die in die Bucht führte, und ruderten an der letzten Landzunge vorüber... Dort lag die grüne Rundung vor ihnen, die Häuser in der Mitte. Die Hügel waren ehemals gekrönt gewesen, dunkelfarbig, mit üppigen Waldungen bedeckt, breiten Schatten werfend; jetzt lagen sie abrasiert da, eingesunken, formlos, mit etwas Hellgrünem überkleckst, das nicht überall hängen geblieben war. Alles, was die Hügel ehemals umrahmt halten, war mit ihnen plattgedrückt, erschien geringer, nicht in bezug auf die Ausdehnung, sondern auf das Aussehen; die beiden mochten nicht hinschauen. Sie erinnerten sich des Alten, und sie fühlten sich selber mager, ausgeplündert.

Die Häuser frisch gestrichen, aber kleiner, als sie sie in der Erinnerung hatten! Niemand an der Brücke, um sie in Empfang zu nehmen: oben vor der Galerie ein paar verlegene oder auch argwöhnische Gestalten. Sie begaben sich in Frau Kaas' alte Zimmer unten und oben – sie standen alle so, wie sie sie verlassen hatten: wie verblichen und unansehnlich waren sie aber nicht geworden! Ein Tisch mit Abendbrot stand gedeckt; er brach fast zusammen unter schweren Speisen wie auf einer Bauernhochzeit. Die alten Linden – verschwunden. Da weinte Frau Kaas.

Da fiel ihr plötzlich etwas ein: »Laß uns in den andern Flügel hinübergehn!« Sie sagte das, als würden sie sich dort wiederfinden. Auf der Galerie ergriff sie Rafaels Arm: der war ganz gespannt.

Die alten Zimmer seines Vaters waren ganz für ihn zurechtgemacht. Im großen wie im kleinen erkannte er ihren Geschmack – eine lange Arbeit im geheimen, also ein weitläufiger Briefwechsel, eine bedeutende Ausgabe. Wie neu und fröhlich war hier nicht alles! Die Räume dem Leben, das hier einst geführt war, ebensosehr entfremdet, wie sie bemüht gewesen war, ihn diesem Leben zu entfremden!

Und dann nahmen die beiden eine gemütliche Abendmahlzeit ein und machten hinterher einen feierlichen Spaziergang am Strande. Die mattblanke Bucht in ihrer weiten Ausdehnung und mit ihrem leisen Plätschern nahm ihre alte Unterhaltung mit ihnen wieder auf: die Sommernacht senkte den Himmel in Dämmerungstraulichkeit auf sie herab.

Am nächsten Morgen war er draußen und ruderte auf der Bucht, dem Tummelplatz seiner Kindheit. Trotz der halb herabgesunkenen, gänzlich flachen Hügel war seine Wonne, als er hier saß, unbeschreiblich. Unbeschreiblich infolge der Einsamkeit und Stille: niemand und nichts folgte ihm. Nach langjährigem Aufenthalt in großen Städten allein in einer norwegischen Bucht zu sitzen, das ist dasselbe, als wenn man von einem lärmenden Marktplatz in eine hoch gewölbte Kirche tritt, wohin kein Laut von außen zu dringen vermag: auch drinnen kein Laut außer dem Schall seiner eigenen Schritte. Heilig, heilig, Reinigung, Versinken, Andacht, aber in einer Beleuchtung, in einer Freiheit, wie sie keine Kirche aufzuweisen hat. Das Vergangene entweicht und damit die Zeit überhaupt. Es war hier, als sei er auch gestern und vorgestern hier gewesen. Über hier hinaus wußte niemand von ihm.

Unbeschreiblich infolge der Fülle an Stimmungen, in die er hier hineingeriet; niemals hatte er reichere gekannt! Eine neue Reihe von Gefühlen, von Schönheitseindrücken aus der Kindheit, längst vergessen oder anders in der Erinnerung, sie kamen auf ihn zugeschwebt, sie redeten zu ihm gleich wiedererkennenden, frohen Geistern.

Eine neue Art von Berglinien, ein alter, lieber Duft, Farben, die sich auf eine ungeahnte Weise voneinander abhoben, ein Himmel, der sicher näher war, aber doch viel zurückhaltender; Lichtwirkungen in kälteren Stoffen, aber leichter, feiner. Nirgends eine breite Fläche, eine endlose Fortsetzung; nein, vielartig, viellinig, schroff, abgerissen, unruhig, dadurch einzig frisch, er möchte sagen, aussätzig.

Mehr und mehr verschwamm es mit seinen Erinnerungen und mit ihm selber; er hatte Sinn dafür. Nach jedem Ruderschlag ruhte er, fühlte sich jedesmal wie in einer Umarmung. Das Boot lief tiefer in die Bucht hinein; er kehrte sich nicht daran, wohin, als er von da drinnen Ruderschläge hörte, die nicht das Echo der seinen waren – sie folgten sicher aufeinander. Er wandte sich um.

Im selben Augenblick trat Frau Kaas mit ihrem Krimstecher auf den Altan hinaus. Sie hatte Kaffee getrunken und sich darauf gefreut, über die Bucht und die Werder und das Meer zu schauen. Rafael war schon im Boot, das sah sie. Da hinten, ja, da war er. Sie hielt das Glas gerade in dem Moment vor die Augen, als ein weiß gestrichenes Boot auf sein braunes, geteertes zugeglitten kam. Es ward von einer Dame in hellem Kleid gerudert – *grand Dieu*, sind denn auch hier Damen? Rafael hielt an, das heißt, beide hielten die Ruder in die Höhe, indem die Boote aneinander vorüberglitten.

Frau Kaas sieht den starken Hals der Dame unter dunklem Haar, aber ein breitrandiger Strohhut ist so aufgesetzt, daß sie ihr Gesicht nicht sieht; er steht ja fast lotrecht! Jetzt taucht Rafael seine Ruder ins Wasser und begrüßt die Dame, und sie taucht ihre Ruder ins Wasser und begrüßt ihn. Kennen sie einander denn? Sobald sie wieder Seite an Seite liegen, erfaßt Rafael ihr Boot und zieht es näher heran, und dann reicht er ihr die Hand, und sie – sie nimmt sie! Frau Kaas sieht Rafael von der Seite, und zwar so deutlich, daß sie die Bewegung der Lippen verfolgen kann: er lacht! Der Hut verbirgt noch immer das Gesicht der Dame, aber ihre üppige Brust sieht sie und einen kräftigen Arm, der aus dem halblangen Mantel hervorguckt. Ihre Hände lassen nicht voneinander: jetzt lacht er so, daß sein breiter Rücken bebt – was ist das, was ist das nun einmal? Ist ihm jemand von München nachgereist?

Frau Kaas kann nicht mehr still sitzen: sie geht hinein, sie legt das Glas aus der Hand: eine unsagbare Angst überkommt sie, ein hilfloser Zorn bemächtigt sich ihrer. Es währt eine ganze Weile, ehe sie sich überwinden kann, das Glas wieder aufzunehmen, hinauszugehen und die Sache weiter zu verfolgen.

»Die Dame« hatte ihr Boot gewendet: jetzt ruderten sie Seite an Seite, sie ebenso schnell wie er. Wann auch Frau Kaas ihren Sohn ansehen mochte, stets lachte er. und das Gesicht der Dame hing unverwandt an dem seinen. Jetzt machten sie eine Wendung, sie ruderten auf den Pfarrhof zu ... Sollte es Helene sein? Die einzige Dame in meilenweitem Umkreis, und diese einzige Dame hatte Rafael am ersten Tage nach seiner Heimkehr aufgegabelt.

Diese Damen, die ihn niemals erblicken können ohne sich ihm gleich in die Arme zu werfen!

Da legt das Boot an – nicht am Bootsdamm, vielleicht sind die Steine glatt, nein, am Ufer legen sie an; sie rudern ihre Boote so weit auf den Sand hinauf, wie sie können: und sie springt schnell und leicht aus dem ihren heraus, jetzt er ein wenig schwerfälliger aus dem seinen und dann reichen sie einander wieder die Hand! die Dame steht bereits da!

Frau Kaas wendete sich ab. Jetzt wußte sie, daß sie selber ein altes Möbel geworden, das auf den Gang hinausgestellt war.

Es war wirklich Helene. Sie wußte, daß sie gekommen waren; sie wollte am Hof vorrüberrudern und da war sie ihm begegnet, der ausgerudert war, nur um zu rudern. Er dachte, als sie beide die Ruder in die Höhe hielten und die Boote lautlos aneinander vorüberglitten: » *Die* da?« – Die ist nicht hier gewachsen, dazu ist sie zu groß angelegt in der Zeichnung. Sie ist nicht der Geist diese Ortes«

Er sah nämlich in ein Antlitz mit festen Brauen großen, grauen, schön umkränzten Augen. Ein ruhiges, kluges Gesicht, und plötzlich zuckte ein Schalk darin auf! Das erkannte er wider, es hatte ihm seinerzeit so gut getan. Das erste Gefühl bei jedem Wiedererkennen, bei jeder Erinnerung(das heißt, falls Gelegenheit dazu da ist) ist, ob das, was wir wieder erkennen oder dessen wir uns erinnern, uns gut getan oder es uns wehe getan hat. Dieser große Mund, diese gesunden Augen, aus denen jetzt der Schelm hervorlugt, die haben ihm nur, nur gut getan ...

»Helene!« rief er und tauchte sein Ruder ins Wasser und begrüßte sie.

»Rafael!« erwiderte sie dunkelrot und tauchte ebenfalls die Ruder ins Wasser. Eine gedämpfte Altstimme.

Als er zum zweiten Frühstück heimkehrte, strahlend, berichtend, begegnete er zwei großen Augen, die deutlich sagten: »Hast du mich schon auf den Gang hinausgeworfen?«

Er wurde ganz wütend. Während des Frühstücks meldete sie ganz gleichgültig, jetzt wolle sie zum Propst hinüberfahren, um ihm für die Aufsicht zu danken, die er alle diese Jahre hindurch geführt habe. Er antwortete nicht. Daraus schloß sie, daß er nicht mit wolle. Es währte eine Weile, bis sie selber zur Abfahrt bereit war. Die Fahrgelegenheiten waren neu, auch der Stallknecht war neu und ungeübt. Zu Rafael sagte sie nichts.

Beim Propst wurde sie mit der größten Ehrerbietung, und doch herzlich dabei, empfangen. Der Propst war ein schöner alter Mann, ein praktischer, bestimmter Charakter, seine Frau eine tiefere Natur. Sie behaupteten beide, es sei ihnen keine Mühe gewesen, die Aufsicht über das Gut zu führen, nur ein angenehmer Zeitvertreib, den Helene jetzt übernommen habe. – Helene? – Ja, das sei dadurch gekommen, daß der erste Verwalter auf Helleberg früher Agronom und Forstmann auf einem großen Güterkomplex gewesen sei. Für ihn habe Helene eine solche Zuneigung gefaßt, daß sie ihn in der freien Zeit, die ihr die Schule gelassen, überallhin begleitet habe; er sei auch ein prächtiger alter Mann gewesen. Auf diesen Wanderungen lehrte er sie alles, was er selber wußte; er habe eine besondere Begabung dafür gehabt. Für sie ward es von großer, fördernder Bedeutung, indem es ihr etwas gab, wofür sie leben konnte. Allmählich habe sie die Oberaufsicht übernommen, das sei ihr Leben geworden.

Frau Kaas bat, Helene zu grüßen und ihr zu danken. Aber Helene sei ja gerade mit Rafael ausgegangen! – »Das ist wahr!« sagte Frau

Kaas; sie mußte sich den Schein geben, als wisse sie es, ließ dann aber gleich den Wagen vorfahren.

Indes kletterten die beiden Jungen oben zwischen den Hügeln umher. Sie waren am Flußbett entlang gegangen, sie voran, er ihr folgend. Es unterlag keinem Zweifel, daß Helene im Walde aufgewachsen war. Wie geschmeidig war nicht ihr starker Körper! Und wie sie sich zu bewegen wußte, wenn sie über einen Bach mußte oder einen Waldabhang hinauf, durch ein Dickicht junger, den Weg versperrender Nadelhölzer, die sie nicht durchlassen wollten, oder wenn sie einen Lehmhügel, einen Felsbruch überschreiten mußte, deren es hier so viele gab – von dem einen ins andere hinein. Der Aufstieg vom Fluß war der bequemste und amüsanteste, deswegen gingen sie hier. Rafael wollte ja nicht hinter ihr nachstehen, er folgte ihr auf den Fersen, aber du lieber Gott, welche Anstrengung ihn das kostete! Teils fehlte ihm die Übung, teils ...

»Hier ist es ein wenig schwer, hinüberzukommen«, sagte sie. Bei dem letzten Regenwetter war hier ein Baum umgestürzt; oben hing er noch an der Wurzel, hier sperrte er ihnen den Weg. »Du darfst dich nicht daran festhalten; er kann sich loslösen und uns mit hinabziehen.«

»Endlich einmal etwas, das ihr schwierig erscheint!« dachte er. Er sah sie sich am Baum entlang bewegen, ohne sich darauf zu stützen; er sah, wie sie sich vor dem ersten sperrenden Zweig, über den sie hinüber mußte, einen Moment besann, dann die Röcke bis ans Knie und darüber aufhob, geschwinde, geschwinde hinüber, ebenso über den nächsten und dann über den Stamm selber, gleich da, wo sich auf der andern Seite kein hemmender Zweig befand. Dann von der Seite den Hügel hinan, bis sie oben stand und ihn hinterdrein kriechen sah.

Ihn kostete es entsetzliche Mühe. Der Atem wollte nicht ausreichen, der Schweiß perlte ihm von der Stirn. Als er gleich nach ihr oben anlangte, ward es ihm schwarz vor den Augen; wenn auch nur die Hälfte einer Sekunde, so genügte es doch, um ihn die ganze Fülle ihrer Gesundheit erkennen zu lassen. Sie stand da und sah ihn an. Sie war rot, warm, einen Schelm in den Augen, mit heftig wogendem Busen, aber es unterlag keinem Zweifel, daß sie sofort hätte weiterklettern können, und zwar ebenso steil. Er vermochte kein

Wort hervorzubringen; sie sagte: »Jetzt mußt du dich umwenden und das Meer anschauen.«

Die Worte wirkten auf ihn, als habe der große Pan sie ihm von den Bergen dort in weiter Ferne zugerufen; er erblickte die Berge im selben Augenblick. Die Worte kamen wie ein Erguß der großartigen Natur hier oben; sie strichen mit eiskalter Hand an ihm herab, sie strichen mit warmer an ihm hinauf – und dann war er ein anderer geworden.

Denn er hatte sich verirrt, sich in sie verirrt, während sie am Flußufer hinan und die Hügel hinauf anführte. Sie schöpfte förmlich Kraft aus dem Walde; sie ward größer, geschmeidiger, sie ward mächtiger. Die Wärme der Augen, die Fülle der Stimme, die Bewegungen, die Formen, das Aufblitzen der Seele dort unten in der Tiefe des Tals, beim Brausen des Flusses, und mit dem Steigen, mit seiner Erhitzung stieg sein Verirren. Kein Ballsaal, kein Spielplatz, keine Turn- und Reitschule läßt so die körperlichen Fähigkeiten und den Widerschein der Seele darin erkennen, gibt der Einheit des Wesens einen solchen Ausdruck, als das Umherklettern zwischen Hügeln und Steingeröll. Schließlich war er ganz berauscht; er dachte: »Jetzt klimme ich hinter ihr drein auf einer Leiter, hinauf zu dem höchsten Glück.« Dort oben, dort oben! Ihre Unerschrockenheit in seiner Gegenwart, ihre Unbekümmertheit um das, was er sah, verwirrte ihn. Dort oben, dort oben!

Aber noch höher hinauf, und sie ward feuriger, und er jämmerlich!

Und dort oben, dort oben – dort ward es ihm schwarz vor den Augen; ein paar Sekunden lang konnte er sich nicht rühren, ein paar Sekunden länger konnte er nicht reden. Dann aber sagte sie: »Jetzt mußt du dich umwenden und das Meer anschauen.«

Man sagt, daß Frauen, die einem Kind das Leben geben, im selben Augenblick neues Blut erhalten; jeder Tropfen ist sogleich ein anderer. Etwas Ähnliches ging mit ihm vor. Das Auge, mit dem er hier oben sah, die Sinne, mit denen er hier oben fühlte – hier waren sie wie ausgetauscht. Das Neue entsprach dem, was ihm die Felsen da hinten zuriefen. Er erinnerte sich ihrer aus seiner Kindheit. Es entsprach dem Meer dort vor ihm, dem Meer mit den vielen Werdern, dem Meer hinter den vielen Werdern, dem großen Meer da draußen, das die Willenskraft, die Lebensschicksale auf der ganzen Welt umspült. Das Meer lag mattblank, halb von der Sonne beschienen da und starrte das unregierliche Land vor sich an wie einen Lieblingssohn, der Lebenskraft hat. Halte dich an das Große, du! Sonst wird deine Kraft dein Untergang!

Und einige von den Entdeckungen, die in ihm schlummerten, dämmerten halb klar; sie lagen da draußen, und es hing von ihm ab, ob er eines Tages mit ihnen hier in diese Bucht einsegeln würde.

»Voran denkst du?« fragte sie.

Da verließ ihn alles; da war er gleich hier, nur hier, er fühlte, wie rund, wie warm ihre Altstimme war. vor einem Augenblick hätte er es ihr sagen können, das und mehr, als Einleitung zu noch mehr. Jetzt setzte er sich hin, ohne zu antworten. Auch sie setzte sich.

»Ich gehe so oft hier hinauf,« sagte Helene, »um das Meer zu sehen. Von hier aus wird es nur der Ursprung und der Tod. Dort unten ist es nur eine Segelfahrt.«

Rafael lächelte.

Sie fuhr fort: »Und dann hat das Meer die Eigenschaft, daß man hier hinaufkommen kann, womit es auch sein mag – hier oben ist es bald wie weggeblasen. Auf der Fläche dort geht es bald in etwas anderes über.«

Er sah sie an.

»Ja, das ist wirklich wahr«, sagte sie und errötete.

»Ich Zweifle gar nicht daran.«

Aber sie verstand den ganzen Gedankengang.

»Du siehst die Stechlinge hier?«

»Ja.«

»Denk nur, im vorigen Jahr hatten wir eine solche Dürre, daß fast die ganze Anpflanzung hier oben verdorrte. Und so wie hier, erging es an mehreren Stellen hier auf den Hügeln, wie du siehst.« Sie zeigte. »Wenn man in die Bucht hineinkommt, sieht es so häßlich aus. Ich dachte gestern wohl daran. Aber ich dachte auch, sobald er ans Land kommt, soll er sehen, daß er uns unrecht getan hat. Denn gibt es wohl etwas Schöneres, als so einen jungen Fichtenschößling, der dort in seiner Grube steht. Sieh nur die Farbe, es ist eine gesunde, helle! Und diese zarten Stechlinge! Und dies kleine Ange da!« Helenes Stimme paßte sich dem Inhalt ihrer Worte an. »Aber der dort ist doch der beste.« Sie kletterte dahin, und er folgte ihr. »Siehst du ihn wohl? Schon zwei Zweige! Und was für welche!« Sie kniete daneben nieder. »Der Junge hat Eltern, auf die er stolz sein kann! Denn hier ist gleich viel und gleich wenig Schutz für sie alle. – Nein, diese häßliche Spinne!« Sie war bei dem kleinen Kinde nebenan, das im Begriff stand, eingesponnen zu werden. Sie befreite es und erhob sich dann, um feuchte Erde zu holen, die sie vorsichtig um den Keim legte. »Der Ärmste hat sicher Wasser nötig, obwohl es erst ganz kürzlich so stark geregnet hat.«

»Bist du oft hier oben?«

»Sonst kann nichts daraus werden.« Sie sah ihn forschend an. »Du glaubst vielleicht nicht, daß diese Kleinen hier mich kennen? Ja, jede einzelne Pflanze kennt mich. Bin ich weit weg, so gedeihen sie nicht; bin ich aber oft bei ihnen, so werden sie stark.« Sie lag auf den Knien; mit der einen Hand stützte sie sich, mit der andern zog sie die Grasbüschel aus. »Diese Schmarotzer,« sagte sie, »die meinen Stechlingen die Nahrung rauben wollen!«

Wäre es eine klein angelegte Persönlichkeit gewesen, die dies gesagt hätte – eine klein angelegte Persönlichkeit mit flüchtigem Blick und fröhlichem Mund – aber Helene war ein großer Charakter, gleichsam mit Sprungfedern; ihr Blick war nicht flüchtig, er verweilte dort, wohin er einmal fiel. Der Mund war groß und behandelte die Worte mit Sorgfalt, mit vollem Ernst. Sollte jemand das, was sie gesagt, schnell, hastig gelesen haben, so lese er es noch einmal wieder; sie sagte es gedämpft, mit Nachdruck, jede Silbe deutlich, von Rhythmus getragen. Sie war jetzt eine andere als am Fluß und zwischen den Hügeln. Dort schwang ihre Kraft sich auf, als habe sie das Bedürfnis nach Anstrengung; hier verwandelte sie sich in feines Empfinden.

Eine der bedeutendsten Frauen des Nordens, die ebenfalls diese beiden Selten besaß und aus beiden das Beste machte, Johanne Luise Hejberg, sah Helene, als diese eben erwachsen war, und konnte sich nicht von ihr losreißen; Augen und Ohren folgten ihr. Erkannte die alte Frau – es war während der letzten Jahre ihres Lebens – in Helene etwas, das an ihre eigene Jugend erinnerte? Auch im Äußern hatten sie Ähnlichkeit. Helene, brünett, wie es Frau Hejberg einst gewesen, war von derselben Größe und derselben Figur, nur stärker; sie hatte einen großen Mund, große graue Augen wie sie selber, auch das Schelmische konnte darin aufblitzen. Die Hauptähnlichkeit aber lag in den Charakteren, lag in dem Ausdruck, wie ihn Frau Hejberg hatte, wenn sie ruhig und ernst war, m dem Mütterlichen, denn das war der Grundton ihrer Natur. »Welch ein gesundes Mädchen!« sagte sie, ließ sie zu sich kommen, zog sie an sich und drückte ihr einen Kuß auf die Stirn ...

Die beiden Spielgefährten aus der Kinderzeit waren auf die andere Seite des Hügels gegangen: er wollte durchaus das Moor sehen.

Als er aber dahin kam, erkannte er es nicht wieder; es trug ja einen üppigen Wald.

»Ja, das ist das Verdienst des alten Helgesen«, sagte sie strahlend. »Er sagte, eine künstliche Stauung habe diese große Fläche in Moorland verwandelt, und die durchbrach er. Ich war damals nur ein Kind, aber ich half ihm dabei. Ich erhielt ein Stück Land unten am Fluß, um Kohlrabi darauf zu pflanzen, und das bestellte ich den ganzen Sommer hindurch allein. Später erhielt ich ein Stück Land nach dem andern. Für die Einnahme, die ich daraus erzielte, trainierten wir den Boden hier oben; im vierten Jahr kauften wir Pflanzen. Ja, das heißt, er tat, als wenn ich alles mit meiner Arbeit bezahlte: er war ein großer Schelm.«

... Als Rafael heimkehrte, saß seine Mutter bei Tische. Sie hatte sich eingerichtet, als sei sie allein – ein sicheres Zeichen, daß sie sich gekränkt fühlte. Es nützte ihm nicht, wie sehr er sich auch anstrengte, um es wieder gutzumachen: sie antwortete ihm nicht und erhob sich bald vom Tische.

Jetzt begriff er, wie schön seine Mutter es sich vorgestellt halte, mit ihm auf Entdeckungen zu gehen, das alte Helleberg in dem neuen wiederzufinden. Gestern abend im Zimmer des Vaters schienen sie unzertrennlich fürs Leben ... und schon am nächsten Morgen, in aller Frühe, war er mit einer andern unterwegs gewesen!

Heute abend war nichts mehr dabei zu machen, das wußte er: aber am nächsten Morgen bat er sie so herzlich, ob sie doch heute nicht mit ihnen gehen wolle, dann könnten sie ihr zeigen, was sie gestern gesehen hatten. Sie schüttelte den Kopf und begann zu lesen. Tag für Tag machte er ihr dasselbe Anerbieten, aber stets mit demselben Resultat. Diese Anerbieten hielt sie für erzwungen.

Und das waren sie auch in gewisser Hinsicht. Er wollte sie so herzlich gern versöhnen, sie so herzlich gern umherführen, denn er fühlte sich schuldig, obwohl er meinte, daß es begreiflich sei. Daß sie aber durch ihre Gegenwart alle ihre Zusammenkünfte stören wollte – er würde sehr verzweifelt gewesen sein, wenn sie es getan hätte.

Am ersten Sonntag stattete der Propst mit Frau und Tochter einen Gegenbesuch ab. Frau Kaas war die Höflichkeit selber und dankte Helene speziell für all die Mühe, die sie sich mit Helleberg gegeben hatte. Helene errötete, sie wußte selber nicht weshalb. Als sie aber sah, daß auch Rafael errötete, schoß ihr das Blut von neuem in die Wangen. Dies war das einzige Bemerkenswerte bei dem Besuch.

Der Spielkameraden tägliches Streifen durch Wald und Feld erschöpfte bald das Thema Helleberg: bald trug er vor, und nun ward das Thema ein anderes, es handelte von seinen Entdeckungen. Infolge des gemeinsamen Studiums mit der Mutter besaß er eine ungewöhnliche Gewandtheit, sich zu erklären, und in Helene fand er eine Zuhörerin, wie er sie noch nie zuvor gehabt hatte. Sie kannte die Naturgesetze im voraus genügend, um eine populäre Darstellung zu verstehen: aber es war doch nicht das, was er erklärte – er war es selber, das fühlte er, und das verlieh ihm Wärme. Ihre Augen machten sein Denken klarer. Er hatte niemals ein so gesundes Zutrauen zu sich selber empfunden wie in ihrer Nähe: diesmal kam keine Angst hinterdrein.

Helene aber halte bisher nichts von der Art und Weise seiner Studien oder von dem Resultat gewußt: er war Ingenieur – das war alles, was sie davon gehört hatte. Während er erzählte, wuchs er immer mehr und mehr: bald büßte sie einen Teil ihrer Sicherheit ihm gegenüber ein. Anfänglich wußte sie nicht, weshalb sie sich mehr und mehr zurückhalten mußte: später aber fand sie stets einen Vormund, ganz fortzubleiben, »sie habe so viel zu tun«. Er begriff den Grund nicht; er vermutete, daß seine Mutter auf irgendeine Weise schuld daran sei – was auch nicht ganz unrichtig war – und ward wütend. Schon allein, daß seine Mutter das, was er früher gesucht hatte, mit dem, was er hier suchte, nicht auseinanderzuhalten vermochte, beleidigte ihn löblich. Er vergaß ganz, daß er sich nicht völlig davon freisprechen konnte, anfänglich hier dasselbe gesucht zu haben wie sonst; er überließ sich ausschließlich seiner Verliebtheit, und die duldete keinen Widerspruch, kein Hindernis, sie ward zur Majestät. In Helene hatte er seine Zukunft gefunden.

Der Propst aber zog sich zurück, weil Frau Kaas es tat, und es kam die Zeit, wo er seine zahlreichen Versuche, Helene unter vier Augen zu sehen, aufgeben mußte.

Er war nie leidenschaftlicher verliebt gewesen. Er sah sie vor sich, wo er ging und stand, ihre rundliche Üppigkeit bei dem leichten Gang, ihre grauen Augen, die so fest in die seinen blickten – weshalb konnten sie sich nicht morgen miteinander verheiraten? Was war natürlicher? Was würde seiner Zukunft förderlicher sein?

Die Spannung zwischen seiner Mutter und ihm erreichte den Höhepunkt. Er dachte in vollem Ernst daran, sie und das Land zu verlassen. Er hatte noch eine ansehnliche Summe Geld von dem Verkauf des Patents, er würde sich schon mehr verschaffen.

Wie es ihm widerstand, ohne Helene durch Wald und Feld zu streifen! Studieren konnte er nicht, und hier war niemand, mit dem er sich hätte unterhalten können. Was sollte er tun? Er fing an zu rudern, er machte lange Ruderfahrten, am liebsten weit weg von der Bucht, ja sogar bis an die Stadt.

Eines Tages, während er links von der Bucht an der Küste entlang rudert, bemerkt er, daß die Lehm- und Felsformationen an den Hügeln und Abhängen hier von einer grauen Farbe unterbrochen waren. Helene hatte ihm gesagt, da hinten sähe es so wunderlich aus, seit die großen Bäume fort wären. Da sie die Stelle aber nur zu Boot erreichen konnten, hatte er keinen weiteren Wert auf die Äußerung gelegt. Jetzt aber landete er dort. Der Fels fiel über und unter dem Wasser gleich steil ab, aber er kletterte. Er hatte geglaubt, daß dies Kalk sei, aber er traute seinen eigenen Augen kaum: es war Zement, ganz sicher Zement. Wie weit erstreckt es sich? So weit er sehen konnte, reichte das Lager – vielleicht bis an den Hof. Jedenfalls war hier mehr als genug für den stärksten Betrieb auf viele, viele Jahre, falls nur im Lehm und im Kalk Kohlensäure genug enthalten war. Er zögerte nicht, einige Stücke abzuschlagen, sie ins Boot zu schaffen, nach Hause zu rudern und die Analysen zu machen. Selten hat wohl jemand schneller gerudert, als er jetzt an den Werdern vorübersauste und in die Bucht hinein, auf den Landungsplatz unterhalb des Hauses zu. Hatte der Zement die richtigen Verhältnisse, so war hier das, was Helene und ihn unabhängig von ihnen allen machte, und zwar auf der Stelle!

Mit beschmutzten Kleidern und Händen, das Gesicht in Schweiß gebadet, stürmte er einige Stunden später mit dem Resultat zu seiner Mutter ins Zimmer: »Hier sollst du aber einmal etwas sehen!«

Sie saß da und las, blickte auf und ward leichenblaß. »Ist es der Zement?« fragte sie, das Buch von sich legend.

»Weißt du davon?« fragte er in höchstem Staunen.

»Mein Gott, ja!« erwiderte sie, erhob sich und trat an das Fenster, kehrte dann zurück, preßte die Hände gegeneinander, sie krampfhaft reibend. »Also hast du den Zement auch gefunden! Also hast du ihn auch gefunden!«

»Wer fand ihn denn vor mir?«

»Dein Vater. Rafael, dein Vater. Das erstemal, als ich hier war – kurz, bevor ich abreisen wollte.« Sie machte eine Pause.

»Er kam zu mir ins Zimmer gestürzt, gerade so wie du vorhin – freilich nicht so schnell, er war schlecht zu Fuß, sonst aber in jeder Beziehung so wie du.« Sie ließ die Augen mit einem eigenen Blick über Rafaels beschmutzte Hände gleiten; sie waren nicht fein, diese Hände, sie waren ganz die seines Vaters.

Rafael sah es nicht. »Hatte er denn das Zementlager gefunden?«

»Ja. Er schloß die Tür hinter sich ab. Ich erhob mich und fragte, was er sich eigentlich herausnähme. Er konnte kaum sprechen.« Sie hielt eine Weile inne, versetzte sich wieder da hinein. »Nun ja, dann war es das da.«

»Was sagte er, Mutter?«

Sie fuhr fort, im Zimmer auf und nieder zu gehen. »Dein Vater glaubte ja, ich habe das Glück ins Haus gebracht.« »Weshalb ward denn nichts daraus?«

Sie wandte sich hastig nach ihm um.

»Verzeih, Mutter, du mißverstehst mich! Weshalb ward denn nichts aus der Sache mit dem Zement?« Er errötete.

»Du hast deinen Vater ja nicht gekannt. Er hatte zu viele Schrullen, um irgend etwas durchzuführen.«

»Schrullen?«

»Ja, Eigenheiten, Egoismus, Leidenschaften, die ihn nicht dazu kommen ließen.«

»Wie faßte er dies denn auf?«

»Niemand sollte mit teil daran haben – nicht ein einziger sollte darum wissen – er alles ganz allein! Und zu dem Zweck sollten die Waldungen abgeschlagen und verwendet werden, und als wir verheiratet waren – ich sage, als wir verheiratet waren – sollte auch mein ganzes Vermögen gebraucht werden.«

Er sah ihr Entsetzen bei dem bloßen Gedanken daran. Sie durchlebte noch einmal den ganzen Kampf, und er begriff, daß er nicht weiter fragen durfte. Sie streckte auch schon abwehrend die Hand aus, als er sich beeilte zu fragen: »Weshalb hast du mir das nicht früher erzählt, Mutter? Ich meine, daß hier Zement ist?«

»Weil es nicht gut für dich gewesen wäre«, entgegnete sie bestimmt.

Er fühlte, ja, er sah, daß sie glaubte, es sei auch jetzt noch nicht gut für ihn.

»Du hast den wundesten Punkt in meinem Leben berührt; laß mich jetzt allein.« Ihre Hand erhob sich abermals. Er ging.

Als er wieder im Boot saß, um seine große Botschaft nach dem Pfarrhof hinüberzurudern, dachte er: »Hier ist der Grund zu Vaters und Mutters tödlicher Feindschaft zu suchen – der Zement! Sie hat kein Zutrauen zu ihm gehabt; sie hat ihm nicht sich selbst und ihr Vermögen ausliefern wollen! Und infolgedessen ward es nichts mit dem Zement. Nicht einmal die Waldungen wurden abgeschlagen.

Er war doch auf alle Fälle ein ganzer Mann. Aber Mutter war auch ein Charakter. Ach ja, du lieber Gott!«

Und dann machte er einen Überschlag, was aus den Wäldern zusammen mit ihrem Vermögen herauszubringen gewesen wäre und was man darauf (und auf das Zementlager) hätte aufnehmen können! Er verstand seinen Vater besser als seine Mutter! Welch ein Vermögen das gegeben hätte! Welch eine Macht, welch eine Herrlichkeit, welch ein Leben!

Im Pfarrhaus riß er alle mit sich fort. Den Propst, weil er ein praktischer Mann war, der sofort begriff, welchen Wert dies hatte. »Dann sind Sie ja jetzt ein reicher Mann!« Die Pröpstin, weil seine Fähigkeiten und seine Begeisterung sie ansprachen. Helene? Helene war stumm und erschrocken. Er wandte sich an sie und fragte, ob sie nicht mit ihm rudern und es sehen wolle. Sie müsse doch sehen, wie groß das Lager sei.

»Rudere nur mit, Kind«, sagte der Vater.

Im Boot wollte er sie gern vor sich haben und beeilte sich deswegen. Ohne ein Wort zu sagen, schritt sie an ihm vorüber, setzte sich und ergriff eines der Ruder; da mußte er wieder nach vorn.

Mit dieser kleinen Spannung fing es an. Er hatte sie also im Rücken, er sah, wie es unter ihren Rudern schäumte. Ein heimlicher Kampf, eine schweigende Furcht! Die klang auch zwischen den wenigen Worten hindurch, die gesprochen wurden und die die Spannung nur verstärkten.

Als sie ihr Ziel erreichten, waren beide rot und warm. Jetzt mußte er sehen, wo sie landen konnten. Zuerst ruderten sie langsam an dem ganzen Zementlager vorüber, soweit dies sichtbar war. Er saß also ihr gegenüber und erklärte: die schaute die ganze Zeit hindurch da hinauf, sah ihn gar nicht oder nur flüchtig an. Sie wandten das Boot wieder, um dort anzulegen, wo seiner Ansicht nach die Fabrik liegen sollte. Es müßten Sprengungen vorgenommen werden, um Platz zu schaffen. Die Schiffe konnten ganz dicht herankommen, aber der Hafen mußte sicherer gemacht werden, und das würde Geld kosten.

Sie stiegen aus. Er voran, um ihr zu helfen: sie aber sprang an ihm vorüber ans Land. Dann stiegen sie bergan: er voran, den Weg zeigend, erklärend, sie ihm nach mit großen Augen und offenen Ohren.

Alle die Mühe, die sie sich in Helleberg gegeben, alles, was sie seit ihrer Kindheit von dem Gut geträumt und gehofft hatte, das ward jetzt so klein. Es würde auch viele Jahre wahren, ehe der Wald einen Eintrag gab. Dies hingegen gab jetzt gleich Wohlstand und später Reichtum, falls es sich so verhielt, wie er sagte, und daran zweifelte sie nicht.

Sie fühlte sich gedemütigt, abgesetzt, ober wie sie es nennen sollte. Ihn aber machte es groß.

Die Ruderfahrt, das Klettern, die Erregung, in der er sich befand, verlieh seinen Auseinandersetzungen Schwung; sein Gesicht, seine ganze Gestalt waren gespannt. Auf ihr lastete es wie ein Alp; sie wäre am liebsten ins Boot hinabgeflüchtet und allein fortgerudert, aber sie war zu stolz, um sich zu verraten. Seine Augen und sein Wesen erinnerten sie an einen Eroberer, aber sie wollte nicht erobert werden. Auch wollte sie nicht den Schein haben, als hätte sie dagesessen und auf seine Heimkehr spekuliert. Es war ihr, als würde das Uneigennützigste, das Liebste in ihrem Leben gegen sie gekehrt.

Vor etwas in ihm fürchtete sie sich, vor etwas, worüber er selber vielleicht nicht Herr war – vor dem Sturm in ihm. Der war nicht lärmend oder abschreckend; der war ein glänzender, eindringender Eifer, der ihm die Herrschaft über sich und ihr den Willen raubte. Und das konnte sie nicht ertragen!

Kaum waren sie oben angelangt, vor sich die Aussicht über die Werder und das Meer, über die Bucht und das Gut, über den Fluß dort in der inneren Bucht und den Pfarrhof, als er sich umwandle und von dem allen zu ihr hinschaute, die dort stand mit dem wogenden Busen, den warmen Wangen und Augen, die sich nicht vom Meer zu trennen wagten... »Helene!« flüsterte er und kam auf sie zu. Er wollte sie in seine Arme schließen.

Sie zitterte, ohne sich umzuwenden. Dann sprang sie bergab, von ihm weg. Und sie hielt nicht an, bis sie unten im Boot war; das wollte sie lösen, besann sich aber, es wäre zu feige gewesen. So blieb sie denn stehen und sah ihn hinter sich drein kommen.

»Helene – du!« rief er ihr von oben herab zu. »Weshalb läufst du mir weg?«

»Rafael, du darfst nicht –« antwortete sie, als er herabkam. Alles, was einer starken Persönlichkeit an Bitten und Befehlen zu Gebote sieht, lag in diesen Worten.

Sie im Boot, er am Ufer. ihr gegenüber. Sie sahen sich an wie zwei Ringer, lauernd, wogend, beide hastig atmend, bis er ins Boot stieg, es losmachte und abstieß. Sie setzte sich. Aber ehe er es tat, sagte er: »Du weißt wohl, was ich dir sagen wollte?« Nur mit Mühe brachte er die Worte heraus.

Sie antwortete nicht, begann aber zu rudern. Sie war kurz davor, in Tränen auszubrechen.

Sie ruderten wieder nach Zause, nicht ganz so schnell, wie sie gekommen waren.

Eine Lerche stieg über ihnen auf. Am Ufer schlug eine Nachtigall. Eine Meerschwalbe beschrieb eine gerade Linie dicht über der Wasserfläche, in der Richtung, die sie einschlagen mußten, gefolgt von einer Möwe mit schrägen Flügeln und gellem Schreien. Da drinnen mußte etwas sein, was wartete. Ein Duft von jungen Nadelbäumen und frischem Heidekraut drang ihnen entgegen; weiterhin standen die Helleberger Felder in Blüte. Hinter ihnen, hoch oben in der Luft, kam ein Adler aus den Bergen geflogen, gefolgt von einer Schar schreiender Krähen, die sich einbildeten, daß sie jagten.

Er machte sie auf diesen Zug aufmerksam.

»Ja, sieh nur!« sagte auch sie; es war ihr eine Erleichterung, diese wenigen, natürlichen Worte zu sagen. Er sah sich nach ihr um und lächelte. Und da lächelte sie wieder.

Er empfand ein Wohlbehagen, als sei er im siebenten Himmel, aber es durfte ja nicht gesagt werden. Nur rudern, im Takt rudern: »Sie ... ist ... es! – Sie ... ist ... es! – Sie ... ist... es!«

»Nicht wahr,« sagte er Zu sich selber, »ihr Widerstand ist tausendmal schöner als ...«

»Sonderbar, daß die Wasservögel hier auf den Werdern keine Eier mehr legen«, sagte er.

»Das kommt daher, weil man auf den Werdern die Schonzeit nicht innegehalten hat.«

»Dann muß es wieder geschehen! Mir müssen doch sehen, ob wir die Vögel nicht wieder hierher gewöhnen können.«

»Ja.«

Er wandte sich sofort nach ihr um.

»Dies »Ja« hätte ich vielleicht nicht sagen sollen«, dachte sie: er hat ja von »wir« gesprochen.«

Am ihm zu zeigen, wie fern ihr solche Gedanken lagen, wandle sie den Blick dem Ufer zu. »Der Klee steht in diesem Jahre nicht gut.«

»Nein. – Was willst du im nächsten Jahr mit dem Stück Land machen?« Aber in das Garn ging sie nicht.

Er wandle sich um, sie aber war für ihn nicht da.

Das Brausen des Flusses wiegle sie in einen Tanz von tausend Paaren hinein: die Strömung machte ihr Boot schwanken. Rafael sah nach dem Hügel hinüber, den sie beide am ersten Tage erklommen hatten. Er drehte sich um, er wollte sehen, ob sie nicht auch zufällig da hinaufschaute. Ja, das tat sie.

Sie ruderten auf den Landungsplatz vor dem Pfarrhof zu, und er fing mehrmals an zu sprechen; sie aber hatte die Erfahrung gemacht, daß dies gefährlich war. Sie legten an.

»Helene!« sagte er, als sie mit einem flüchtigen »Adieu!« ans Ufer sprang.

»Helene!«

Aber sie lief weiter.

»Helene!« rief er, und es lag so viel darin, daß sie sich umwandte und ihn ansah; ihren Lauf hemmte sie jedoch nicht.

Das genügte ihm! Er ruderte heim wie der größte Sieger, den diese Gewässer je getragen oder gesehen halten – seit jener Zeit, als die Wikinger hier in der innersten Bucht landeten und jenes Hünengrab hinterließen, das noch jetzt beim Pfarrhofe zu sehen ist – ja, seit das Elentier des Urwaldes mit seinem gewaltigen Geweih von der Hindin, die es im Kampf errungen, zu der andern hinüberschwamm, die es am jenseitigen Ufer hörte: seit der erste Ameisenschwarm, der sich sonnengeblendet und in Fächerform auf und ab bewegt, sich an dem einzigen Tag, an dem er dazu imstande ist, fortpflanzt, ja, seit die ersten Seehunde um die Wette auf das Weibchen zustürzten, das sie auf Helleberg liegen und sich sonnen sahen ...

Frau Kaas hatte sie auf der Ausfahrt vorüberrudern sehen, in stürmischem Tempo. Sie hatte sie auf der Heimfahrt vorüberrudern sehen – ganz langsam. Da begriff sie das Ganze.

Schon allein, daß es bei dem Zementlager stattgefunden hatte ... Sie schritt im Zimmer auf und nieder, sie weinte.

Sie hatte kein Zutrauen zu seiner Beständigkeit, und es war auf alle Fälle zu früh für Rafael, sich hier zu binden; er hatte etwas ganz anderes zu tun! Der Zement lief ihm nicht weg, und auch sie nicht, falls die Sache ernst war. Dies Zusammentreffen mit Helene war in ihren Augen nur ein Bruch der eisernen Schiene, er würde nicht weiterkommen!

Rafael ruderte, so daß der Schaum hoch aufspritzte. Jetzt war er wieder da, jetzt zog er das Boot aufs Ufer, als sei es ein Aalkasten, jetzt kam er auf seinen langen Beinen dahergeschritten.

Erschreckt, verzweifelt kroch sie wie gewöhnlich in die äußerste Ecke des Sofas, zog diesmal auch die Beine nach, schrie, als er zur Türe hereingestürzt kam und zu reden begann: » *Taisez-vous! Des égards, s'il vous plait!*« Sie streckte die Hand wie zur Abwehr aus.

Diesmal aber kam er, getragen von Liebe und mutig durch sein Glück, umfaßte es doch seine ganze Zukunft. Er tat, was er noch nie gewagt hatte, ging geradeswegs auf sie zu, nahm ihre Arme, beugte sie herab, umschlang sie, küßte sie: erst auf die Stirn, dann auf die Wangen, dann auf den Mund, die Augen, die Ohren, den Hals, das Kinn, wo er nur ankommen konnte, ohne zu reden, ganz wie im Wahnsinn.

»Toller Junge!« stöhnte sie. » *Des égards! – Mais, Rafael donc! – Que* ...« Und dann endete sie an seiner Brust, beide Arme um seinen Hals geschlungen. »So willst du mich denn jetzt also verlassen, Rafael?« weinte sie.

»Dich verlassen, Mutter! Niemand wird besser imstande sein, die beiden Flügel zu einem Ganzen zu vereinen wie Helene!« Und nun hielt er Lobreden über sie ohne Maß, ohne zu hören, daß er dasselbe wieder und wieder sagte.

Als er ruhiger geworden war und Atem geschöpft hatte, bat sie ihn, sie allein zu lassen. Daran war er gewöhnt.

Am Abend kam sie dann zu ihm hinab und sagte, sie müßten vor allen Dingen nach Kristiania reisen und das Zementlager von sachverständigen Leuten untersuchen lassen und hören, was weiter geschehen müsse. Ihr Vetter, der Expeditionschef, werde schon Rat wissen. Auch noch andere von ihren Verwandten, die meisten von ihnen waren ja Ingenieure und Geschäftsleute.

Er wollte ungern gerade jetzt von Helleberg fort, das müsse sie doch begreifen können! Auch hatten sie ja verabredet, erst im Herbst zu reisen! Aber sie wußte ihn für ihren Plan zu gewinnen, indem sie ihm vorstellte, daß dies der schnellste Weg sei, um Helene zu erringen. Nur verlangte sie von ihm, das ganze Verhältnis zu ihr auf dem Standpunkt zu lassen, auf dem es jetzt stehe, bis sie in Kristiania gewesen seien, und hierin war sie unerbittlich.

So mußte es denn geschehen!

Wie es ihre Gewohnheit war, packten sie sofort und fuhren noch am selben Abend zum Propst hinüber, um Abschied zu nehmen.

Dort ward die Stimmung sehr munter – von Frau Kaas' Seite, weil sie unruhig war und diese Unruhe unter Lebhaftigkeit verbergen wollte: von seiten des Propstes, weil er infolge des großen Fundes, der dem Gut und der ganzen Umgegend Wohlstand verhieß, wirklich sehr angeregt war; von seiten der Pröpstin, weil sie etwas ahnte. Man wünschte Mutter und Sohn herzlich Glück für die Reise.

Rafael hatte die allgemeine Lebhaftigkeit benutzt, um einige wenige Worte mit Helene allein in einer Ecke zu wechseln. Hier preßte er ihr ein halbes Versprechen ab. ihm zu antworten, wenn er ihr schrieb. Aber er hütete sich wohl, ihr zu sagen, daß er bereits mit der Mutter gesprochen hatte. Er fühlte, daß Helene über ein solches Vorgehen, das ihm doch so natürlich war, erschrecken werde.

Als sie heimkehrten, saß er auf dem Wagen und schwenkte den Hut, solange nur jemand zu sehen war. Er ward wiedergegrüßt – anfangs von allen, zuletzt nur noch von einer.

Der Sommerabend war hell und warm, aber nicht hell genug, nicht warm genug, auch nicht groß genug. Er fand keinen Raum darin, keine Farben, die seiner Seligkeit entsprachen. Es war ihm unmöglich, allein zu sein, doch mochte er auch nicht mit anderen zusammen sein. Er dachte in vollem Ernst daran, zu Fuß oder zu Boot nach dem Pfarrhof zurückzukehren, an Helenes Kammerfenster zu pochen: er ging sogar den Strand hinab und schob das Boot hinaus. Aber vielleicht würde er sie erschrecken, das Ganze auf irgendeine Weise verderben. So ruderte er denn hinaus, immer weiter hinaus bis zu den äußersten Werdern, und dort scheuchte er die Vögel auf. Als er landete, flogen sie auf, erst einige, dann immer mehr, schließlich alle, in gräßlichem Chor protestierend – mit mehr als Geschrei. Er befand sich mitten in einer erzürnten Wolke, einer wahren Hölle aus lauter Vögeln. Aber er ließ sich seine gute Laune nicht nehmen.

»Wartet ihr nur!« rief er ihnen zu, indem er fortruderte, von dem ganzen Schwarm gefolgt. »Wartet ihr nur, bis die Werder bei Helleberg geschont werden, da sollt ihr kommen und gute Tage bei uns haben. Auf Wiedersehen bis dahin!«

IV.

Gleich einem Schiff mit hohen Masten, festlich, flaggenge-
schmückt, kam er nach Kristiania. Seine Liebe war Musik an Bord.
Die zahlreiche Verwandtschaft stand längst zum Empfang bereit.
Die vielen Ingenieure der Familie waren *à jour* mit allem, was er
geschrieben, hatten Sorge getragen, daß es bekannt geworden war.
Eine Reihe der größten technischen Unternehmungen im ganzen
Lande befanden sich in ihren Händen, und dies erleichterte die
Verbindungen nach allen Seiten hin. Man hatte wieder ein Genie in
der Familie, das heißt, wieder jemand, mit dem man Staat machen
konnte: Rafael ging aus einer Gesellschaft in die andere, von einer
Vorstellung zur andern, und wo er oder seine Mutter sich zeigten,
waren sie von einem Hofstaat umgeben. Dieser ward hauptsächlich
aus den Damen der Familie gebildet, mehr noch als von den Her-
ren, so daß die beiden kaum eine Woche in der Stadt verweilt hatten, als sich schon alle darüber einig waren, daß dies eine förmliche
Sensation geben würde. Es gibt Menschen, die nicht für so etwas
geschaffen sind: sie gleichen rußigen Kesseln ohne Klang oder ei-
gensinnigen Kindern, die nicht wollen, oder alten, mürrischen
Hunden, die knurren. Er aber war so durch und durch harmlos –
die erste Bedingung! – so ein Prachtjunge mit unverwüstlicher Laune. Und er besaß das äußere Ansehen: er maß seine drei Ellen, war
nach der neuesten Mode gekleidet. In seinen großen, lebhaften Augen wehten Festwimpel, seine Stirn umstrahlte ein elektrischer
Glanz: er hatte große Übung, anderen klarzumachen, was ihn selber
begeisterte, und er war schön, wenn er das tat. Er war ein vollende-
ter Weltmann, der auf den kosmopolitischen Diners, welche die
Spezialität der Familie waren, mehrere Sprachen fließend sprach. Er
war Besitzer eines der wenigen wirklichen Güter in Norwegen und
verfügte, wie man erzählte, außerdem noch über ein bedeutendes
Vermögen. Nur die Hälfte von alledem würde genügt haben, um
sämtliche Glocken in Bewegung zu setzen. Zuerst ward er von der
Familie, dann von der Gesellschaft und schließlich von der Stadt
gefeiert. Vierzehn Tage lang war er der allgemeine Held. Man muß
die kritischen, phantasielosen Eingeborenen des Kristianiaer Tales
kennen, die einander im täglichen Leben aus reinem Mangel an
Nahrungsmitteln auffressen; man muß sie gesehen haben, wie sie

knochentrockene, sonderbare Bibelerklärungen verschlingen, um einen Begriff davon zu haben, wozu sie sich versteigen können, wenn sie hin und wieder einmal ein wirkliches Thema erhalten. Bei einem Sturm wallt nichts gefährlicher auf als Wüstensand; keine Sensation kann sich mit der Kristianias messen. Als es bekannt wurde, daß zwei Sachverständige aus der Familie und ein angesehener Geologe und Bergmeister zusammen mit Rafael auf Helleberg gewesen waren und seine Angaben in bezug auf das Zementlager bestätigt gefunden hatten, ward er zwanzigmal am Tage bestürmt und in den Wirbel hineingezogen. Das greift an! Er war aber stets aufgelegt wie ein Klavier und so wenig lecker, daß er zwischen dem Feinsten und Schmackhaftesten auch kleine Nägel und Tauenden hinunterschlucken konnte. In jeder Beziehung hielt der junge Brausekopf Maß, so daß er sich bei Tag und Nacht in einem Rundtanz bewegte, der jedem andern, nur ihm nicht, den Atem geraubt hätte. Der herrliche Monat auf Helleberg hat ihm gut getan. Er ward auch von lustigen Abenteuern heimgesucht, so eigentümlich und so kühner Art, daß man sein Leben hätte zum Pfand setzen können, daß so etwas in Kristiania unmöglich sei. .Aber große Dürre macht Durst! Ihm war zumute wie einem Jungen, der sich Mund, Nase, Stirn und Hände mit eingemachten Früchten eingeschmiert hat. So sind den Damen die Kinder am liebsten; da sind sie das Süßeste auf der ganzen Welt. Eine hohe, mit reifen, roten Beeren bedeckte Eberesche, die von tausend Staren umkreist wird – ein solches Leben herrschte rings um ihn her. Es fehlte jetzt nur noch, daß man einen Gott in ihm sah, und auch das sollte noch kommen.

Eines Tages, als er mehrere Fabriken besichtigte, gab er hier einen Wink und dort einen andern (er besaß eine reiche Erfahrung und hatte einen schnellen Blick), und jeder Wink war kostbar. Endlich in einer Fabrik, ähnlich wie die in Frankreich, der er die halbe Triebkraft erspart hatte, erwähnte er einen ähnlichen Plan; er zeigte auf dem Fleck, wie sich das machen ließe. Bald sprach man überall hiervon, die Gerüchte schwollen an wie die See bei mehrtägigen westlichen Winden. Das neue Genie, das nur einige zwanzig Jahre zählte, mußte das Wunder des Landes werden. Bald ward es reine Modesache, daß jeder Industrielle ihn aufforderte, seine Fabrik zu besichtigen, und als erst in diesen Kreisen festgestellt war, daß man einen Gott unter sich habe, ward Ernst aus der Sache, denn die Begeisterung dieser Kreise besitzt den genügenden Nachdruck. Auf diesen großen Augenblick hatten die Damen gewartet, um sich mit einem Satz vom ersten Grad der Vernunft bis zum fünften Grad der Torheit aufzuschwingen. Wie ein Sonnenstrahl auf blankem Metall, so tanzten ihre Augen Cancan auf ihm. Er selber achtete nicht sonderlich auf Grad oder Temperatur; dazu war er zu gutmütig in seiner liebenswürdigen Glückseligkeit, auch zu gleichgültig.

Ein starkes Moment bei diesem Treiben bildete das Temperament der Familie, denn das war dem seinen so ähnlich. Er war durch und durch ein Ravn, vielleicht mit einem Körnchen Kaas untermengt. Er war, was sie einen »echten Ravn« nannten, frei von allen Schattierungen; er schien ihnen aus der Urwerkstatt der Familie hervorgegangen zu sein, aus ihrer ursprünglichen Grundkraft. Der physische Zuschuß hatte die Fähigkeiten vielleicht üppiger gedeihen lassen; die Fähigkeiten selber beanspruchte die Familie für sich. Durch Hans Ravn hatte Rafael Geschmack am Verkehr mit der Familie bekommen; jetzt fühlte er das! Bei jedem Wort, das er äußerte, war das verständnisvolle Lachen da; es sprühte förmlich Funken um ihn her. Wo er vom allgemeinen Geschmack, von Vorurteilen, von hergebrachter Moral abwich, da wichen auch sie ab; wohin sein jugendliches Verständnis neigte, da fand er das ihre zu Beifall versammelt, ja, es kam ihm aus weiter Ferne entgegen, es wußte, wohin er wollte. Weil er seinem Alter und seiner Natur nach jung war und weit mehr konnte als die Jugend sonst, paßte er sowohl in die Gesellschaft der Jungen als auch in die der Alten – ach, wie wohl er sich in Norwegen fühlte!

Seine Mutter begleitete ihn überallhin. Ihr Leben war ihnen ja einstmals als das Sinnloseste erschienen, was man sich nur denken konnte; daraus aber hatte sie das Größte gemacht. Vor einem solchen Ziel, vor einem so beharrlichen Willen hatten sie Ehrfurcht, und die erwies man ihr in den zierlichsten Toiletten; mit ihrem diskreten Wesen und ihrem Anstand ward sie von einer Gesellschaft zur andern, von einem Ausflug zum andern geführt, bis es ihr zuviel wurde.

Es ging auch zu weit, es verletzte ihren Takt, sie fürchtete sich. Aber der Festzug ging weiter ohne sie wie eine Reihe Wagen, die ihren Weg fortsetzten, obwohl sie abgefallen war. Die Augen folgten der Staubwolke noch lange, und sie hörte den Widerhall des Getöses.

Helene – wo, zum Kuckuck, war denn Helene geblieben? War auch sie verschwunden? Keineswegs! Rafael war so fest überzeugt, sie bei sich zu haben wie eine goldene Uhr, die er dicht am Herzen trug. Schon am ersten Tage nach seiner Ankunft in der Stadt hatte er ihr einen Brief geschrieben; lang war er nicht, dazu hatte er keine Zeit, aber er war ganz wie er selber. Er erhielt sofort eine Antwort. Die Wirtin ihrer Pension brachte sie ihm persönlich: er war so erfreut darüber, daß die Wirtin, die den Poststempel gesehen hatte und die eine Verwandte des Propstes war, den ganzen Zusammenhang erriet, was ihn sehr amüsierte.

Aber Helenes Brief war ausweichend; sie kannte ihn offenbar nicht genügend, um sich rückhaltlos hinzugeben.

Er hatte keine Zeit zu dem Versuch, sie durch Briefe zum Reden zu bringen. Er kam in der Nacht heim, er erwachte spät am Tage, und dann waren schon die Freunde da und warteten auf ihn. In die Pension kehrte er nicht eher zurück, als bis er sich zu Tisch umkleiden mußte; indes hielt der Wagen schon vor der Tür, denn er kam stets im allerletzten Augenblick nach Hause. Wann sollte er schreiben? Bald war es überstanden, und dann ging es Heim, zu Helene!

Die Zementangelegenheit hielt ihn länger zurück, als er vermutet hatte. Seine Mutter machte nämlich Schwierigkeiten; nicht, daß sie sich der Gründung der Aktiengesellschaft widersetzt hätte, aber sie hatte so viele Bedenken, sie wollte das Ganze gern noch hinausschieben. Er hatte gar keine Zeit, sie zu überreden: auch ärgerte er sich über sie. Er überließ der Wirtin die Sache.

Diese war eine eigentümliche Persönlichkeit, die die Angelegenheiten ihrer Mieter und einen ganzen Haufen Kinder ohne eine Spur von Anstrengung regierte. Sie war Witwe, einige der Kinder waren fast zwanzig Jahre alt; sie selber aber schien nicht älter als dreißig zu sein. Groß, kräftig gebaut, dunkel, mit großen Augen, die wie Kohlen glühten, sicher, schnell entschlossen in allen Fragen, Antworten, Bewegungen. Wie einem Offizier mit langjähriger Übung im Kommandieren mußte man ihr unwillkürlich glauben, ihr unbedingt gehorchen. Man überließ sich ohne langes Nachdenken ihrem kurzen, natürlichen Geschick, alles zu ordnen. Und gefällig, ja aufopfernd war sie gegen diejenigen, die sie gern hatte – das waren nun aber freilich bei weitem nicht alle. Die Unvorbehaltenheit war eine Grundlage, die sie noch einmal so zuverlässig machte.

Sie hatte sich Frau Kaas' von vornherein angenommen, in erster Linie sie amüsiert. Angelika Nagel bediente sich beim Sprechen des modernen Kristianiaer Jargons; die ausgetretenen Schuhe der Sprache, in denen die Müßiggänger der Großstädte dahinschlürfen, waren erst ganz kürzlich Modesache in Kristiania geworden.

Dies alles war neu und charakteristisch für das rücksichtslose Sichgehenlassen – die natürliche Reaktion, die auf die Prüderie gefolgt war, über die Frau Kaas seinerzeit sich hinweggesetzt hatte. Deswegen amüsierte der Typus sie, sie studierte ihn. Auch nahm ihr Angelika Nagel alle praktischen Beschwerden ab, und das tat sie spielend. So zum Beispiel diese Zementangelegenheit. Auf ihre scheinbar unbedachte Art platzte sie damit heraus, was dieser oder jener darüber gesagt hatte, und das merkte Frau Kaas sich.

Bald brachte Angelika es dahin, daß es eine Notwendigkeit wurde, mit Rafael zu reden, und da er schwer zu treffen war, blieb sie des Nachts auf und erwartete ihn.

Das erstemal, als sie ihm die Tür öffnete, ward er ganz verlegen, und als er hörte, was sie von ihm wollte, verwandelte sich seine Verlegenheit in Dankbarkeit. Das zweitemal raubte er ihr einen Kuß, sie lachte und lief hinein, ohne mit ihm zu reden; das hatte er dafür! Doch er hatte die feste Fülle ihres Körpers gefühlt und sich an dessen Wollust versengt. Sie aber verschwand ganz aus seinem Gesichtskreis; selbst am Tage sah er sie nicht mehr, obwohl er es darauf anlegte. Ganz unerwartet aber begegnete sie ihm wieder an der Haustür; sie hatte ihm etwas Notwendiges zu sagen. Da kam es zu einem Kampf zwischen ihnen, der wiederum damit endete, daß sie ihm entschlüpfte und verschwand. Er flüsterte ihr nach, so laut er es wagen durfte: »Dann reise ich ab.«

Noch während er sich auskleidete, glitt sie lautlos zu ihm hinein.

Am nächsten Morgen, noch ehe er ganz wach war, brachte ihm der Briefträger eine Postanweisung auf einen Geldbrief mit fünfzehntausend Franken. Er glaubte, hier müsse eine Namensverwechslung vorliegen oder es sei ein Auftrag, den er ausführen solle.

Nein, der Brief war von dem französischen Fabrikbesitzer, dessen Betriebskosten er auf die Hälfte reduziert hatte; er erlaube sich, ihm diese Summe als bescheidenes Honorar zu senden; bisher sei ihm das nicht möglich gewesen. Es solle aber nicht hierbei bleiben. Er sähe Rafaels Quittung mit Spannung entgegen, denn er sei der Adresse des Empfängers nicht ganz sicher.

Rafael kam mit Blitzesschnelle aus dem Bett. Allen erzählte er es, lief zu seiner Mutter hinab und wieder herauf. Kaum aber war er allein, als ihn dies Übermaß in Glück und Sieg mit Angst erfüllte. Jetzt mußte es ein Ende haben! Jetzt wollte er nach Hause! Gewissensbisse hatte er nicht die Spur gehabt, auch keine Sehnsucht bis jetzt! Und nun plötzlich überkam es ihn so unsagbar! Rein und hoch stand sie dort auf dem Hügel! Das Gefühl steigerte sich bis zur Angst; er mußte sofort reisen, sonst ging es ihm schlecht.

Die aufrichtige Freude der Mutter betäubte seine Angst. Sie kam zu ihm hinauf, als sie hörte, daß er sich eingeschlossen habe, und sie sprachen traulich miteinander. Schließlich auch über ihre pekuniären Verhältnisse. Sie wohnten in der Pension, weil ihre Mittel es ihnen nicht mehr erlaubten, im Hotel zu wohnen. Das Gut brachte es nicht ein, ehe man nicht mit dem Wald rechnen konnte, und ihr Kapital war nicht mehr unberührt, trotz der Bestimmung in dem Testament ihres Vaters. Jetzt willigte sie ein, ihn die Sache mit der Aktiengesellschaft ordnen zu lassen. Und zu dem Zweck fuhr er dann in die Stadt, wo sich sein Hofstaat bald um ihn scharte.

Aber das viele Geld, das hierzu erforderlich war, ließ sich nicht so an einem Tage zusammenbringen, es zog sich in die Länge. Er ward ungeduldig, er wollte und mußte reisen, und das Ende von der Sache war denn schließlich, daß die Mutter ihren Vetter, den Expeditionschef, mit der Gründung der Aktiengesellschaft beauftragte, während sie sich zur Abreise anschickten.

Sie machten Abschiedsbesuche und sandten Karten mit Danksagungen und Grüßen aus. Alles war bereit, der Tag selber kam – da erhielt Rafael im Bett einen Brief vom Propst. Ein anonymer Brief aus Kristiania, schrieb der Propst, habe ihn darauf aufmerksam gemacht, welch ein Leben Rafael in der Stadt führe. Darauf habe er sich selber Auskunft verschafft, und die Folge davon sei, daß er seine Tochter heute noch eine Reise ins Ausland antreten lasse. Weiter stand nichts im Brief.

Aber Rafael begriff, was zwischen Vater und Tochter vorgegangen war. Er zog sich hastig an und stürmte zur Mutter hinab. Sein Zorn über die elenden Menschen, die seine Zukunft zerstört hatten – wer konnte es nur einmal sein? –, vermischte sich mit seiner Verzweiflung; nur sie allein liebte er ja; alle die anderen konnten sich seinetwegen zum Teufel scheren. Er fühlte sich auch gekränkt, daß ihn der Propst oder sonst jemand so behandeln konnte – ihn verabschieden wie einen Diener, ohne mit ihm zu reden, ohne ihm Gelegenheit zu geben, sich zu rechtfertigen. Die Mutter las den Brief ganz ruhig. Dann hörte sie ihn an – ebenfalls ganz ruhig. Und als er hierüber noch mehr in Wut geriet, brach sie in ein schallendes Gelächter aus.

Es war nicht die Gewohnheit dieser beiden, einen Zwist in Worten auszufechten. Diesmal aber fuhr es ihm durch den Sinn, daß sie ihn nicht der Zementangelegenheit wegen zur Reise in die Stadt veranlaßt hatte, sondern um ihn von Helene abzulenken. Und das sagte er ihr. Ja, er fügte hinzu: »Jetzt ergeht es mir, wie es dem Vater erging. Und das ist deine Schuld – dies auch.« Damit stürzte er hinaus.

Bald darauf reiste Frau Kaas ab.

Am Abend desselben Tages reiste auch er, aber nach Frankreich.

Von Frankreich aus schrieb er dem Propst einen eindringlichen Brief mit der Bitte, Helene sofort nach Hause kommen zu lassen; sie wollten sich dann gleich verheiraten. Was der Propst auch von seinem Leben in Kristiania gehört haben möge, das habe nicht das geringste mit seinen Gefühlen für Helene zu tun. Sie – und nur sie allein – besäße die Macht, ihn zu fesseln. Der ihre werde er nun fürs ganze Leben sein.

Der Propst antwortete ihm nicht.

Nach einem Monat schrieb er abermals einen Brief. Darin gestand er zu, daß er sich nicht richtig benommen habe. Er habe sich die Sache nicht überlegt. Es sei eine Fortsetzung von so vielem andern gewesen, die Umstände hätten ihn zu sehr in die Irre geführt. Aber, schwur er, jetzt solle das ein Ende haben; er wolle zeigen, daß er des

Vertrauens wert sei. Ja, er habe es gezeigt, seit er Kristiania verließ. Der Propst solle nun doch versöhnlich sein; dies sei ja eine Verbannung für ihn, denn ohne Helene könne er nicht nach Helleberg zurückkehren. Alles, was ihm dort lieb war, sei durch ihre Nähe eingeweiht worden; alles, was dort zu tun war, sei mit ihr geplant worden. Ja, dadurch auch sein Leben. Er trauere und er sehne sich, so daß es ihm eine Unmöglichkeit sei, zu arbeiten, obwohl er das brennende Bedürfnis nach Arbeit empfinde.

Diesmal erhielt er eine Antwort, freilich eine kurze. Sie lautete dahin, daß nur eine längere Prüfungszeit sie von dem Ernst seiner Vorsätze zu überzeugen vermöge.

Also nicht nach Hause, nicht arbeiten! Jedenfalls nicht so, daß es sich verlohnte. Er kannte seine Mutter genügend, um zu wissen, daß jetzt auch die Zementangelegenheit ruhte, mochte die Aktiengesellschaft gebildet sein oder nicht. Zum Überfluß überzeugte er sich davon.

Er hatte seiner Mutter längst geschrieben und sie herzlich um Verzeihung gebeten für das, was er gesagt hatte; sie wisse ja, daß es nur Heftigkeit sei; sie wisse, wie sehr er sie liebe, wenn er auch leider in dem, was ihm teuer sei und bleibe, uneinig mit ihr war.

Sie antwortete ihm schön und ausführlich, ohne nur mit einer Silbe das zu erwähnen, was geschehen war, ohne Helenes Namen zu nennen. Sie erzählte allerlei, unter anderem auch, welcher Ansicht der Propst in bezug auf das Gut sei. Hieraus schloß er, daß sie und der Propst einig waren wie ehedem. Vielleicht war der Grund, weswegen der Propst die Sache hinausschob, der, daß er fühlte, Frau Kaas interessiere sich nicht dafür.

Der Herbst nahte heran; bei all dieser Ungewißheit fühlte er sich einsam, sehnte sich nach seinen neuen Freunden in Kristiania. Dies schrieb er ihnen und daß er heimkehren werde. Doch wolle er sich eine Weile in Kopenhagen aufhalten.

In Kopenhagen traf er Angelika Nagel wieder, sie befand sich in der Gesellschaft einiger seiner Studienkameraden aus Kristiania. Sie war außerordentlich munter, strahlend von Schönheit und Gesundheit und mit jener flotten Ungeniertheit, welche der Jugend den Kopf verdreht. Er hatte während dieser ganzen Zeit alles Dahingehörige verbannt und kam ohne das Bedürfnis, es zu erneuern. Hier aber ward er zum erstenmal in seinem Leben eifersüchtig. Es war dies ein ganz neues Gefühl, und er war nicht darauf vorbereitet, dem zu widerstehen. Es überkam ihn, sobald er sie nur in Gesellschaft eines der Kameraden sah. Sie hatte ein eigenartiges, frisches, derbes Wesen, das seine Lust zu heller Flamme entzündete.

Jetzt eröffnete sich ihrem Zusammenleben ein neuer Abschnitt, geteilt zwischen rasender Eifersucht und rasender Hingebung. Dies führte, als sie abreiste, zu einem Briefwechsel ganz eigener Art, und dieser Briefwechsel zog ihn nach sich.

An Bord des Dampfers hörte er eine Unterhaltung zwischen einem Kellner und der Stewardeß. »Sie saß des Nachts auf und erwartete ihn, bis es so kam, wie sie es haben wollte. Und nun hat sie ihn ganz in den Fingern.« Möglich, daß ihn diese Unterhaltung nicht anging, aber es war ja auch ebensogut möglich, daß die Stewardeß in Kristiania in der Pension gedient hatte; er kannte sie nicht.

Es ist eigentümlich mit solchen Verhältnissen wie das zwischen ihm und Angelika – die Betreffenden sind in dem guten Glauben, daß sie unsichtbar gewesen sind! Bisher hatte – so glaubte er – kein Mensch das geringste davon gewußt. Nur der bloße Verdacht, daß das Gegenteil der Fall sein könnte, machte jetzt alles widerlich. Die Pension, Angelika, die Briefe – pfui, zum Kuckuck! Um keinen Preis der Welt wollte er das Verhältnis fortsetzen. Hatte Angelika das Netz ausgeworfen und ihn eingefangen wie einen großen, dummen Fisch? Der Gedanke war ihm nicht im entferntesten gekommen, das Ganze hatte bei ihm keine Rolle gespielt, bis er sie jetzt in Kopenhagen traf. Vielleicht war auch das ein schlau erdachter Plan!

Nichts kränkt die Eitelkeit und das Eroberungsgefühl eines Mannes tiefer als die Entdeckung, daß er dort, wo er Sieger zu sein glaubte, nur der eingefangene Sklave gewesen ist.

Rafael trieb sich den größten Teil der Nacht auf Deck umher und ging, in Kristiania angelangt, in ein Hotel. Von dort wollte er am folgenden Tage direkt nach Helleberg reisen; jetzt sollte die Sache biegen oder brechen! Dies – und alles Ähnliche – mußte für immer ein Ende haben, das führte nur zu Unglück. Und war er erst einmal zu Hause und erfuhr, wo Helene war, so würde sich das übrige schon finden.

Vom Hotel aus ging er in Angelika Nagels Pension, um zu sagen, daß einige Koffer, die dort noch standen, sofort ins Hotel geschafft werden sollten; er wolle am Nachmittag abreisen.

Er hatte zu Mittag gegessen und begab sich auf sein Zimmer, um zu packen, als sie dort stand. Elegant, schön und so unglücklich, wie er nie zuvor jemand gesehen hatte. War er wirklich nicht bei ihr eingekehrt? Wollte er sofort abreisen? Sie weinte mit einer so wilden Verzweiflung, daß er, der auf alles vorbereitet war – nur nicht darauf, sie so trostlos zu sehen –, unschlüssig dastand und ausweichende Antworten gab. Ihr Verhältnis, sagte er, habe ja keine andere Bedeutung als ein zufälliges Zusammentreffen gehabt; das wüßten sie beide. Folglich habe sie ja auch wissen müssen, daß es früher oder später ein Ende haben werde. Und nun sei die Zeit gekommen.

Nein, entgegnete sie, es habe mehr zu bedeuten; sie habe niemals jemand gekannt, den sie so geliebt habe wie ihn; das habe sie ihm auch bewiesen. Denn sie sei zu ihm gekommen, um ihm zu sagen, daß sie guter Hoffnung sei; sie sei so verzweifelt darüber, wie nur ein Mensch sein könne – dies bedeute ihren und ihrer Kinder Ruin. Niemals habe sie sich so etwas Entsetzliches vorgestellt, aber ihre wahnsinnige Liebe habe sie mit fortgerissen – und nun liege sie da, wie sie sich selber gebettet habe.

Rafael konnte nicht antworten, weil er nicht imstande war, zu denken. Er sah ihren Nacken und ihren Rücken und ihr krampfhaftes Zucken; er sah ihren kleinen Fuß unter dem Kleid hervorgucken, ihren kräftigen Arm in dem strammen Ärmel. Das Gesicht barg sie in den Händen und weinte und schluchzte und schrie.

Und doch, das erste Gefühl, dessen er sich bewußt ward, war kein Mitleid mit der da vor ihm. Er dachte an Helene, an den Propst, an seine Mutter. Was würden die jetzt sagen?

Als fühlte sie, wo seine Gedanken weilten, blickte sie jetzt auf. »Willst du mich wirklich verlassen?« Wie verzweifelt ihr Antlitz war, diese starke Frau erschien ihm schwächer als ein Kind.

Er stand aufrecht vor ihr, den geöffneten Koffer neben sich, todunglücklich, auch er. »Was soll es nützen, daß ich hierbleibe?« erwiderte er sanft. Ihr Blick bohrte sich forschend in den seinen; klarer und klarer wurden ihre Augen, sie nahmen einen entschlossenen

Ausdruck an, dann glänzten sie, dann blitzten sie, ihr Mund verzog sich zu einem höhnischen Lächeln; sie wuchs von Sekunde zu Sekunde, bis sie in die Höhe sprang: »Du mußt dich mit mir verheiraten, wenn du ein Mann von Ehre bist!«

»Ich – mich verheiraten – mit dir!« rief er, erst entsetzt, dann ebenfalls höhnisch.

Jetzt nahmen ihre Augen einen bösen Ausdruck an, sie steckte den Kopf vor, ihre ganze Person sammelte sich zum Angriff gleich einer Tigerkatze. Dann aber schlug sie mit männlicher Faust auf den Tisch. »Ja, das sollst du, hol mich der Teufel!« flüsterte sie. An ihm vorüber und ans Fenster. Was wollte sie nur?

Es öffnen, alles zum Fenster hinausschreien – er hörte nicht deutlich, was. Sich ganz zum Fenster hinauslehnen und noch einmal schreien ... Dann schloß sie das Fenster, wandte sich zu ihm, drohend, triumphierend.

Er stand leichenblaß da – nicht, daß er sich fürchtete oder einschüchtern ließ, sondern weil es ihm plötzlich klar ward, daß er hier den Feind seines Lebens vor sich halte. Und dann erhob er sich zum Kampf.

Sie sah das sofort, sie fühlte seine Kraft, ehe er sich rührte. Hier war etwas im Auge, in der Haltung, was sie niemals bezwingen würde. Eine Kraft im Ausdruck, im ganzen Wesen, mit der man sich nicht gern auf einen Kampf einließ. Hatte er sie bisher niemals gesehen, so hatte auch sie ihn bis zu diesem Augenblick nicht gesehen.

Doch um so wilder liebte sie ihn! Sie freute sich, daß er sich nicht an ihre Bewegungen kehrte, sondern sich umwandte, um das letzte Stück in den Koffer zu legen und ihn zu schließen. Da kam sie dicht an ihn heran – in tiefer Zerknirschung, in Reue und Elend, wie er es größer niemals gesehen hatte, sei es im Leben oder in der Kunst. Das Antlitz schreckerstarrt, die Augen wie festgenagelt, der ganze Mensch regungslos, nur Träne auf Träne ohne Laut, ohne Hauch. Sie wollte, mußte, würde ihn besitzen, sie zog ihn in sich hinein, wie der Meeresstrudel zieht. Es war eine Liebe, die auf Leben und Tod kämpft mit allen ihren Äußerungen, den rasenden wie den verzweifelten. Das begriff er jetzt.

Aber er legte das letzte Stück in den Koffer und schloß ihn. Dann machte er ein paar Schritte durch das Zimmer, als sei er allein, sagte darauf, sie müsse doch selber einsehen, daß dies ganz unmöglich sei.

»Glaubst du nicht,« erwiderte sie leise, »daß ich imstande wäre, dir alle Beschwerden abzunehmen, so daß du für dich arbeiten könntest? Hast du nicht gesehen, daß ich mit deiner Mutter umzugehen weiß?« Er antwortete nicht, mußte aber zugeben, daß dies der Fall war. Sie wartete eine Weile, dann fuhr sie fort: »Und was Helleberg betrifft – ich kenne das Gut ja; der Propst ist ein Verwandter von mir, ich bin schon dort gewesen. Das wäre etwas für mich – die Leitung des Ganzen – meinst du nicht auch? – Und die Zementgruben,« fügte sie hinzu, »ich habe ein Talent fürs Geschäft; das würde ich dir abnehmen.«

Sie sagte das gedämpft, kurz. Sie lispelte ein wenig, was ihr etwas Hilfloses verlieh.

»Reise auf alle Fälle nicht heute mehr – überlege es dir!« sagte sie und weinte nun wieder so bitterlich. Es war ihm, als müsse er zu ihr hin und sie trösten.

Sie kam ihm entgegen, sie schlang die Arme um ihn und preßte ihn an sich in ihrer Verzweiflung und ihrer Begier. »Reise nicht, ach, reise nicht!«

Sie fühlte, daß er wärmer ward. »Niemals«, flüsterte sie, »habe ich mich, seit ich Witwe bin, einem andern hingegeben – und da wirst du selber begreifen –« sie lehnte den Kopf gegen seine Schulter und schluchzte, schluchzte.

»Es kommt mir so unerwartet«, sagte er. »Ich kann nicht –«

»So laß dir Zeit«, flüsterte sie, ihm einen glühenden Kuß gebend. »Ach, Rafael«, sie umwand ihn, sie umgab ihn mit Feuer.

Es klopfte, sie fuhren auseinander. Es war der Mann, der das Gepäck holen wollte.

»Nein,« entgegnete Rafael, indem er errötete, »ich will bis morgen bleiben.«

Der Diener ging; sie sprang auf ihn zu, dankte ihm, jubelte, küßte ihn. Ach, wie sie strahlte vor Stärke, vor Glück und Sieg. Sie war ein junges Mädchen von einigen zwanzig Jahren. Oder vielmehr ein junger Mann. Denn es war auch etwas Männliches in der Art und Weise, wie sie sich jetzt entfernte.

Kaum aber war der Glanz, das Feuer zur Tür hinaus, als seine Stimmung augenblicklich fiel.

Wenige Minuten später lag er auf dem Sofa wie in einem Grabe. Er hatte ein Gefühl, als könne er sich nicht wieder erheben.

Was würde nun aus seinem Leben werden? Denn über dem Leben liegt ein Traum, der die Seele desselben ist. Und wenn der Traum verflogen ist, gleicht das Leben einer Leiche.

Das war es, was die große Angst zu bedeuten gehabt hatte. Bis hierher hatten alle Ravns das Raubtier in ihm verfolgt. Jetzt sollte es nicht länger spielen und tändeln, jetzt würde es die Krallen allen Ernstes in ihn schlagen, ihn zu Boden werfen, sein frisches Blut schlürfen. Das hatte sie, die eben gegangen war, ihm bewiesen.

Ebenso sicher aber war es, daß, falls er sie verließ, sie mitsamt ihren Kindern ruiniert sein würde. Und dann könnte ihn niemand mehr für einen Mann von Ehre halten – am allerwenigsten er selber.

Noch ganz kürzlich in Frankreich, als er mit einer größeren Arbeit, die unablässig in ihm dämmerte, nicht zustande kommen konnte, mußte er oftmals denken: »Du hast das Leben zu leicht genommen; wer das tut, ist nicht mehr fähig, Großes zu vollbringen.«

Vielleicht, wenn er nun hier seine Schuldigkeit tat, seine Schuld gegen sie, gegen sich selber und gegen andere, mit allen ihren Folgen ruhig auf sich nahm und sie trug wie ein Mann – vielleicht, daß es ihm dann gelingen würde, seine ganze Kraft zu entfalten!

Das hatte seine Mutter getan, und sie kam ans Ziel!

Aber mit dem Gedanken an die Mutter kam der Gedanke an Helene, kam sein Traum. Der zog jetzt fort von ihm wie die Zugvögel im Herbst. Er lag wieder da und hatte ein Gefühl, als könne er sich nie mehr erheben.

Aus dem Strudel, in dem er sich während des letzten Sommers bewegt hatte, erinnerte er sich zweier Menschen, zu denen er Zutrauen gefaßt hatte. Es war ein jung vermähltes Paar. Bei denen saß

Rafael am Abend. Er setzte ihnen das Ganze ehrlich auseinander, denn er war nun einmal ehrlich. Der maßgebende Prüfstein ist, ob jemand alles, was ihn selber betrifft, erzählen kann. Und das konnte er.

Sie hörten ihn voller Entsetzen an. Aber ihr Rat war höchst sonderbarer Art: er solle abwarten und sehen, ob sie auch wirklich guter Hoffnung sei.

Dies erregte seinen Widerwillen; hier war kein Zweifel möglich, denn aufrichtig war sie. – Sie könne sich ja aber irren; sie müsse sich untersuchen lassen. Auch dieser Vorschlag empörte ihn: aber er ging darauf ein, daß auch sie kommen und mit ihnen reden solle; sie war mit ihnen bekannt.

Am nächsten Tage ging sie zu ihnen. Ihr sagten sie beide, was sie Rafael nicht gut hatten sagen können, daß sie ihn ruinieren werde. Ein so hochbegabter Jüngling wie Rafael Kaas, dem die ganze Welt offen stand, dürfe sich doch nicht in einem Alter von einigen zwanzig Jahren eine ältere Frau und eine ganze Schar Kinder aufladen! Er sei keineswegs reich, das wisse sie ja aus seinem eigenen Munde; sein Leben werde sich zu dem eines Lasttiers gestalten, und zwar, noch bevor er gelernt habe, Lasten zu ziehen. Werde er gezwungen, das tägliche Brot für so viele Menschen zu verdienen, so müsse er das Unmöglichste auf sich nehmen und infolgedessen mittelmäßig werden. Darunter würden beide leiden, würden sich enttäuscht fühlen, unglücklich werden. Er dürfe nicht so hart für einen Leichtsinn büßen, für den sie zehnmal so verantwortlich sei wie er. Was wohl die Leute dazu sagen würden? Er, der so beliebt, so gefeiert sei, auf den man so viele Hoffnungen gesetzt habe? Man würde über sie herfallen wie die Krähen, sie in Stücke zerhacken. Man würde das Schlimmste von ihr glauben.

Der junge Ehemann fragte sie, ob sie auch ganz sicher wäre, daß sie guter Hoffnung sei. Sie müsse sich untersuchen lassen. Angelika Nagel errötete und erwiderte halb mit Hohn, halb lachend, darauf werde sie sich doch wohl verstehen.

»Ja,« erwiderte der Mann, »das haben schon viele gesagt, die sich trotzdem irrten. Was glauben Sie, daß man von Ihnen denken muß, wenn man weiß, daß Sie den jungen Kaas zur Ehe gezwungen haben, weil Sie guter Hoffnung seien – und wenn sich diese Behauptung nun als Irrtum erweist? Denn so etwas spricht sich natürlich herum.«

Sie errötete abermals und sprang auf. »Die Leute können meinetwegen sagen, was sie wollen.« Nach einer Weile fügte sie hinzu: »Aber, du lieber Gott! Ich will ihn ja doch nicht unglücklich machen!« Sie wandte sich ab, um ihre Bewegung zu unterdrücken. Die junge Frau aber ließ nicht nach. Sie schlug ihr vor, ihm ohne weiteres zu schreiben, ihn freizugeben und ihn zu seiner Mutter reisen zu lassen; von dort aus könne die Sache dann geordnet werden. Angelika sei ja so tüchtig, daß sie sich überall durchschlagen werde, und den Versuch müsse sie machen. Rafael müsse sie ja auch unterstützen.

Angelika antwortete: »Wenn ich nachgeben soll, so will ich an seine Mutter schreiben. Sie soll alles wissen, damit sie auch die Verantwortung kennt, die auf ihm lastet.«

Das fand man verständig, und Angelika setzte sich hin, um zu schreiben. Sie war dabei oft heftig bewegt, aber es ging doch schnell, sicher, Bogen auf Bogen.

Da schellte es: ein Dienstmann mit einem Brief. Das Mädchen kam damit herein, die Frau nahm ihn in Empfang; aber er war nicht an sie, er war an Angelika – beide kannten Rafaels Handschrift.

Angelika erbrach den Brief, ward feuerrot, strahlte, denn er schrieb, das Ergebnis seiner ernsten Erwägungen sei, daß sie und ihre Kinder nicht durch ihn unglücklich werden sollten; er sei ein ehrlicher Mensch, der die Folgen seiner Handlungen selber tragen und sie nicht anderen auf die Schultern wälzen wolle.

Angelika reichte der jungen Frau den Brief. Dann riß sie das eben beendete Schreiben an seine Mutter in viele Fetzen und ging.

Die junge Frau aber dachte bei sich: »Das Gute in uns muß für das Schlechte Bürgschaft leisten, und dann hängen wir fest, daß es nur eine Art hat.«

Die Entdeckung, die sie damit machte, war schon verschiedentlich gemacht worden. Deswegen war sie aber nicht weniger richtig.

V.

Am Tage darauf fand die Trauung statt.

Und in der darauffolgenden Nacht, als sie ihren unveränderlich gesunden Schlaf schlief, lag er übersättigt, vernichtet, in tiefem Schmerz über sein verlorenes Paradies da. Er konnte nicht schlafen; er lag da und schaute auf eine Wiese, die keinen Frühling hatte und folglich auch keine Blumen. Er durchlebte noch einmal alle Ereignisse des Tages bis zur letzten Umarmung. Dies würde ein Zusammenleben ohne Spiel, ohne Anmut werden. Sie war von anderem Glauben als er – eine Realistin vom reinsten Wasser, eine höhnende Skeptikerin, ja im Grunde ihres Herzens eine Zynikerin.

Ihr regelmäßiger Atem, ihre regelrechten Züge, ihr schwellender Körper schienen ihm zuzurufen: »Hopsa, mein Junge! Wir wollen uns noch tausend Jahre lang amüsieren! Schlaf jetzt nur; du hast es nötig, wenn du es mit mir aufnehmen willst . . .«

Am folgenden Tage war ihre Ehe das Gespräch der Stadt, des ganzen Landes.

»Genau so wie seine Mutter!« sagten die Leute. Sie war aller Hoffnung; es stand ihr frei, die höchste Stellung im Lande einzunehmen – bums, da lag sie in der wahnsinnigsten Ehe. In der wahnsinnigsten? Nein, die des Sohnes ist denn doch noch wahnsinniger.

Und dann ging es los!

Die Menschheit trägt ein unbewußtes Gesetz in sich, das ihr unter dem Einfluß der Sensation befiehlt, einen Mann höher emporzuheben, als sie es selber wünscht, und unter dem Einfluß einer entgegengesetzten Sensation ihr befiehlt, ihn noch tiefer hinabzustürzen. Die meisten Menschen sehen auch nicht mit eigenen Augen, und unter ungewöhnlichen Verhältnissen wird ihnen noch ein Vergrößerungs- oder ein Verkleinerungsglas aufgezwungen, das sie sehr lächerlich macht.

Rafael Kaas ein schöner Mann? Ach ja, aber zu groß, zu blond, der Ausdruck nicht genügend gesammelt, der ganze Mensch zu unruhig. Reich – der? Ihm gehört ja nicht das Material, aus dem das Wohnhaus aufgeführt ist! Die Ersparnisse sind längst verbraucht, die Zinsen reichen nicht aus, sie haben längst angefangen, vom Kapital zu zehren. Und das Zementlager – wer, zum Teufel auch, wird sich mit ihm auf ein so großes Unternehmen einlassen? Man redet von seiner Begabung, ja, von seinem Genie; ist er aber auch wirklich begabt? Ist es nicht vielmehr etwas Angelerntes? Die Geschichte mit der Fabrik, der er die Hälfte der Betriebskosten ersparte – war das nicht ganz einfach eine Wiederholung von dem, was er schon früher getan, und das war schließlich auch wohl nur eine Wiederholung von dem, was er anderwärts gesehen halte. Genau so verhielt es sich mit den zahlreichen Winken, die er erteilt hatte – eine Frucht gesammelter Erfahrungen; denn das mußte man ihm lassen, Erfahrungen besaß er mehr als die meisten. Und das Geniale? Ja, reden konnte er, aber darauf beschränkte sich auch wohl die ganze Genialität. Die Aufsätze, die er geschrieben hatte – wie zum Beispiel neulich über die Verwendung bei Elektrizität beim Backen und beim Gerben –, konnte man das eigentlich eine Erfindung nennen? Laßt uns erst einmal sehen, was er jetzt erfindet, wo er in die Heimat zurückgekehrt ist und die Erfindungen anderer nicht steht und liest oder durch den Verkehr mit Fachleuten Ideen erhält!

Rafael Kaas fühlte den Umschwung in der Stimmung; zuerst merkte er ihn an dem Verhalten der Damen, sie waren plötzlich wie weggeweht bis auf einige wenige, die eine Ehe wie die seine nicht für voll ansahen und ihn nicht aufgeben wollten. Auch die Familie zog sich zum Teil zurück. Jetzt war er kein Repräsentant der »echten Ravnschen« mehr. In bezug auf Temperament und Humor vielleicht, aber der Fehler an ihm war ja gerade, daß er ein zusammengeflickter Charakter war.

Der Umschwung war gewaltig. Das merkte er an allen und an allem. Er war aber Mann genug und besaß Trotz genug, um sich dadurch zu starker Arbeit anspornen zu lassen, und sie besaß mehr davon. Er empfand das erhebende Gefühl, seine Pflicht getan zu haben, solange diese erste Zeit der Spannung anhielt, die ihn tüchtig machte.

An dem Tage, als er sich verheiratete – vom frühen Morgen an bis zu dem Moment, wo er hinging, um den Akt zu vollziehen, schrieb er an seine Mutter. Schrieb einen eigentümlich feierlichen Brief vor dem Angesichte des Allwissenden, den Notschrei eines geängstigten Herzens in großer Gefahr. Es hinge jetzt von ihr ab, ob sie sie zu sich nehmen und das Leben sich so gestalten lassen wolle, wie es jetzt nur noch möglich war: Angelika ihr Geschäftsführer, Haushalter, Chef, er seinen Studien und Versuchen gewidmet und sie beider Ratgeberin und treue Mutter.

Es war ihm, als hinge die ganze Zukunft von diesem Brief und von der Antwort ab, und dementsprechend schrieb er. Niemals hatte er sich selber geschildert wie in diesem Brief, niemals hatte er so mit sich selber abgerechnet. Die Summe der Erlebnisse dieser Tage, die Reife, die er in schlaflos durchkämpften Nächten gewonnen hatte – hier war sie! Ehrlicher konnte er sich nicht geben.

Es quälte ihn, daß er nicht sogleich eine Antwort erhielt, obwohl er einsah, welch ein Schlag dieser Brief für sie sein mußte. Er fühlte, daß er anfänglich alle ihre Träume auslöschen würde, wie die seinen ausgelöscht waren. Aber er vertraute ihrer zähen Fähigkeit, sich wieder aufzurichten: er hatte nie eine annähernd so große gekannt. Und er vertraute auf die langen Wurzeln, die ihr bei allem, was sie unternahm, Kraft verliehen. Auch in diesem Falle würde sie Kraft aus den tiefsten Tiefen ihres Zusammenlebens schöpfen und ihren Entschluß danach richten.

Folglich ließ er ihr Zeit trotz Angelikas Unruhe, die kaum zu zügeln war; sie fing sogar an zu höhnen. Aber es lag etwas Heiliges über seiner Erwartung; die Versuche prallten ab.

Als er auch am dritten Tage keine Antwort erhielt, telegraphierte er. Nur die Worte: »Mutter, antworte mir!« Niemals hatte der Telegraph etwas befördert, das schwerer von verhaltenem Weinen war. Er konnte nicht nach Hause zurückkehren: er ging zur Stadt hinaus und blieb allein bis zum Abend; da mußte die Antwort wohl da sein. Sie war da:

»Mein geliebter Sohn, Du bist stets willkommen, am meisten, wenn Du unglücklich bist.«

Das Wort »Du« war unterstrichen.

Er ward leichenblaß, ließ das Telegramm fallen und ging auf sein Zimmer. Dort ließ Angelika ihn eine Weile in Ruhe, kam dann aber herein und zündete die Lampe an. Er sah, daß sie sehr erregt war, und daß sie ihn von Zeit zu Zeit hastig anblickte.

»Weißt du was. Rafael, du solltest lieber gleich zu deiner Mutter reisen. Es wäre doch arg, wenn unsere Zukunft – und auch die ihre! – durch Klatsch und andere Gemeinheiten ruiniert werden sollte!«

Er war zu unglücklich, um sich zu ärgern.

Sie hat ja keinen Respekt vor niemand und vor nichts, dachte er, weshalb sich da aufregen, weil sie es nicht für seine Mutter oder für sein eigenes Verhältnis zu seiner Mutter hatte?

Wie roh aber erschien ihm Angelika, die dort über einer trüben Lampe stand und ihrem Unmut die Zügel schießen ließ! Ihr Mund konnte gar zu leicht einen rohen Zug annehmen, ihr kleiner Kopf konnte zuweilen aus den starken Schultern hervorlugen mit etwas Wurmartigem, und ihr dickes Handgelenk ...

»Nun ja,« sagte sie, »wenn man die Sache bei Licht betrachtet, ist das abscheuliche Helleberg wohl nicht wert, daß man sich danach sehnt.«

»Jetzt ist sie unzufrieden mit sich selber,« dachte er, »da muß sie sich austoben. Sie beruhigt sich nicht, ehe ein Zusammenstoß und eine Entladung stattgefunden hat, aber die Freude werd' ich ihr nicht machen.«

»Nach allem, was die Leute reden, und nach allem, was geschehen ist –«

Das zündete nicht.

»Wie habe ich nur glauben können, daß die da imstande sei, mit Mutter zu verkehren?«

Er erhob sich und begann im Zimmer auf und nieder zu gehen.

»Hat Mutter das gefühlt? Sie waren ja doch so gute Freunde! Damals ahnte ich nichts. Woher kommt es, daß Mutters Instinkte stets feiner sind? Hab' ich die meinen verdorben?«

Als Angelika nach einer Weile wieder zu ihm hereinkam, sah er sehr unglücklich aus; das rührte sie. Und da war sie so gut, so natürlich, so erfinderisch um ihn besorgt. Und dann später ging ein so frischer Hauch von ihrem Lebensmut aus, daß er sich neu belebt fühlte und bei sich dachte: »Hätte Mutter sich nur überwinden können, den Versuch zu machen, so wäre es vielleicht doch gegangen! Es ist so viel Tüchtiges und Gutes in dieser sonderbaren Frau!«

Er ging zu den Kindern hinein; vom ersten Tage an waren sie gute Freunde miteinander gewesen. Sie hatten Not gelitten in der großen Pension und bei einer Mutter, die nur selten bei ihnen war und sich nicht gern anders mit ihnen abgab, als wenn sie sie als Kleidungsstücke betrachtete, die geflickt werben, als Münder, die gestopft werden, als Fehler, die geprügelt werden mußten. In Rafaels Natur lag jenes Ursprüngliche, für das kindliche Unschuld eine Wonne ist, und er empfand das Bedürfnis, zu lieben und geliebt zu werden. Das fühlen die Kinder gleich. Ihr waren sie beschwerlich, ihr waren sie im Wege – jetzt mehr denn je. Um es kurz zu sagen: ihr war Rafael alles.

Dies war der Zauber, der ihr eigen war und der sich stets erneute, es mochte vorgefallen sein, was da wollte. Ihre Zärtlichkeit, ihre Hingebung waren ohne Grenzen. Sie war ganz eigener Art. Sie legte sich kontant in ihrer Person aus, in ihrer blitzschnellen Erfindungsgabe, wo es galt, ihm etwas Gutes zu verschaffen, das in ihren Kräften lag – und selbst darüber hinaus. Sie kennzeichnete sich in ihrer Aufopferungsfähigkeit bei Tag und Nacht, sobald Hilfe nötig war, in einer Dienstwilligkeit, wie sie nur eine so gesunde, starke Natur zu leisten vermag. Aber in Worten tat sie diese Hingebung nicht kund, kaum in Blicken. Es war viel, daß sie es damals tat, als sie den Kampf um seinen Besitz kämpfte, aber damit hatte es auch ein Ende.

Hätte sie sich nur beherrschen können – und wäre es auch nur ein paar Wochen hintereinander gewesen – hätte sie sich von ihrer nie versagenden Liebe leiten lassen, so hätte er in diesem heftigen Unwetter aus seiner Ehe das retten können, was die Mutter trotz aller Widerwärtigkeiten aus der ihren gerettet hatte.

Weshalb geschah dies nicht? Weil die Eifersucht, die sie in ihm angefacht und die ihn ihr in die Arme getrieben hatte, umschlug. Kaum waren sie verheiratet, als sie eifersüchtig wurde.

War das zu verwundern? Eine ältere Frau – sie mag die stärkste Persönlichkeit sein, breit angelegt –, wenn sie einen jungen Mann gewinnt, der *en vogue* ist, ihn auf die Weise gewinnt, wie sie den ihren gewonnen hatte, wird in einer ewigen Unruhe leben, daß ihn ihr jemand nehmen könne. Sie hatte ihn ja selber genommen. Wenn wir sagen, daß sie fast auf jeden Menschen eifersüchtig war, der zu ihnen kam, Mann oder Frau, jung oder alt, ferner auf alle, mit denen er sonst zusammenkam, so ist das eine Übertreibung; aber diese Übertreibung stellt das Verhältnis in ein grelles Licht – ungefähr so war es. Sie duldete nicht, daß sonst jemand für ihn existierte. Kam in der Unterhaltung mit irgend jemand eine Stimmung auf, so mußte sie sie stören; sie duldete es nicht, unbeteiligt zu sein. Ihre Miene ward starr, ihr rechter Fuß fing an, sich krampfhaft zu bewegen, und nützte das nicht, so warf sie mürrische Bemerkungen, spitze Worte dazwischen – einerlei, wo es sein mochte.

Wurde irgend etwas Gutes von ihm gesagt, und hatte es den Anschein, als wolle es bei ihm zünden, so blies sie es aus – buchstäblich! Es war nämlich ihre Manier, zu blasen, die Achseln zu zucken, den Kopf in den Nacken zu werfen, mit dem Fuß zu wippen. Anfänglich glaubte er, sie wisse etwas Unvorteilhaftes von allen denen, auf die sie blies, und er bewunderte ihre Kenntnis, die sich auf das halbe Norwegen erstreckte. Er glaubte überhaupt an ihre Wahrheitsliebe wie an wenige Dinge. Er hielt sie für unbegrenzt, wie so vieles andere bei ihr unbegrenzt war. Sie sagte ja das Allerzynischste geradeheraus und verstellte sich in keiner Weise. Allmählich aber ging es ihm auf, daß sie gerade das sagte, was ihr paßte, was ihr in der Stimmung einfiel, in der sie sich eben befand. Sie hatte nicht mehr Respekt vor der Wahrheit wie vor allem andern.

Eines Tages, als sie zu Tisch gingen – er kam spät nach Hause und war hungrig –, freute er sich, als vor ihm Austern standen.

»Austern!« rief er, »und zu dieser Jahreszeit! Die müssen teuer gewesen sein!«

»Gott bewahre, ich hab' sie von der alten Frau – sie wollte, daß ich sie für dich kaufen sollte; ich hab' sie beinah geschenkt bekommen.«

»Das ist ja hübsch! Also bist du auch hinaus gewesen?«

»Ja, und ich habe dich gesehen; du gingst mit Emma Ravn, ich sah es wohl!«

Er hörte es ihrem Ton gleich an, daß er das nicht durfte, sagte aber trotzdem: »Ja, ist sie nicht reizend? So frisch, so unverdorben ...«

»Die? – Der ist schon, ehe sie sich verheiratete, die Frucht abgetrieben worden.«

»Emma – Emma Ravn?!«

»Ja, mit wem es war, weiß ich nicht.«

»Aber, Angelika, ich bitte dich, das kann ich wirklich nicht glauben!« sagte er ganz feierlich.

»Damit kannst du es ja ganz nach Belieben halten. Ich habe ihrer Mutter ja selber dabei geholfen; es geschah in der Pension! Da kannst du wohl begreifen, daß ich meiner Sache sicher bin.«

Es kam ihm nicht in den Sinn zu glauben, daß ein Mensch so weit gehen könne, sich dergleichen selber aufzubürden. Emmas Augen, klar wie das Wasser eines Quells, auf dessen Boden man die Steine zählen kann, sahen ihn jetzt aus der Ferne so rein und unschuldig an. Er begriff nicht, daß solche Augen lügen konnten. Ihm war ganz ekelhaft zumute, er konnte nicht essen, er erhob sich vom Tisch. Die ganze Welt war ja ein großer Betrug, das Reinste unrein! Jahrelang machte er, wenn er Emma oder ihrer Mutter mit dem ehrwürdigen weißen Haar begegnete, einen Umweg, um sie zu meiden. Er liebte seine Verwandten herzlich, ihre Schwächen lagen allen offen, aber auch ihre Tüchtigkeit und Ehrlichkeit. Diese eine Geschichte untergrub sein Vertrauen, erschütterte sein Selbstvertrauen, zerstörte viel in ihm, und dann machte sie ihn ärmer. Wie konnte er zu irgend etwas zu gebrauchen sein, da er sich stets und überall zum Narren halten ließ?

An der ganzen Geschichte war kein wahres Wort.

Rafaels Treuherzigkeit war Angelika gegenüber so machtlos wie ein Kind, das sich in den Klauen eines Adlers befindet. Aber das währte nicht lange.

Denn glücklicherweise war sie auch hierin ohne Ausdauer und Berechnung. Sie wußte den einen Tag nicht mehr, was sie am vorhergehenden gesagt hatte, denn jeder Tag hatte seine Sorge, und sie redete frisch von der Leber weg, wie es ihr gerade am besten paßte.

Er hingegen hatte ein vorzügliches Gedächtnis, und sein mathematisches Talent ordnete die Beweise gegen sie. Ihre Begabung lag mehr in der Gewandtheit und Schnelligkeit als in irgend etwas anderem, war ohne Erziehung, ohne Zusammenhang und ward an allen möglichen Punkten von der Leidenschaft durchgesägt. Deswegen konnte er ihre Verteidigung jederzeit vernichten. Jedesmal aber, wenn das geschah, zeigte es sich so deutlich, daß sie wieder aus Eifersucht gesündigt hatte; und das schmeichelte seiner Eitelkeit, veranlaßte ihn, die Sache nicht ernsthaft genug aufzufassen, sie nicht weiter zu verfolgen.

Vielleicht hatte er auch mehr entdeckt. Die Eifersucht war nämlich nur die Form, die ihre Unruhe annahm; die Unruhe selber hatte ihre Ursache in verschiedenen Gründen, in der Erregung der Nervenknoten.

Sie hatte nämlich eine Vergangenheit, und sie hatte Schulden. Beides hatte sie bestritten, und nun lebte sie in steter Angst, daß ihm jemand die Augen öffnen könne. Denn falls es einen Spürsinn gab, so ward er jetzt gegen sie in Tätigkeit gesetzt, das fühlte sie. Es kam nur darauf an, was er erfuhr, das heißt, mit wem er zusammenkam. Die anonymen Briefe übersah sie, weil er es tat, aber es gab böse Menschen genug, die eine Anspielung machen konnten.

Sie sah, daß auch Rafael seine zahlreichen Freunde aus früheren Zeiten mied, sie begriff den Grund nicht; es geschah aber, weil auch er fühlte, daß sie mehr von ihr wußten, als ihm zu wissen gut war. Sie sah, daß er allerlei Vorwände ersann, um sich nicht öffentlich mit ihr zu zeigen; auch das deutete sie verkehrt; sie begriff nämlich überhaupt nicht, daß er auf seine Weise genau so bange war wie sie in bezug auf das, was die Leute sagten. Sie glaubte, er suche andere Frauen auf. Wenn auch der Verkehr zu nichts Weiterem führte, so konnte man ihm doch etwas erzählen. Deswegen die eifrige Jagd auf fast jeden, mit dem er sprach; hatten sie sie verdächtigt, so mußten sie wieder verdächtigt werden!

Sie hatte Schulden, und das ließ sich nur dadurch verbergen, daß sie sie vermehrte. Das tat sie, und zwar mit einer Kühnheit, die einer besseren Sache wert gewesen wäre. Sie führte ein flottes Haus, stets offen und stets mit gut besetztem Tisch; sonst könne er sich daheim nicht wohlfühlen, sagte sie, glaubte es wohl auch. Sie selber mußte eine der elegantesten Damen der Stadt sein, das erforderte ihr täglicher Kampf, der darauf hinausging, ihn festzuhalten. Selbstverständlich bekam sie alles »für nichts« oder »für einen wahren Spottpreis«. Stets war da jemand, »der es ihr so gut wie geschenkt hatte.«

Er wußte selber nicht, wieviel Geld er beschaffte – vielleicht, weil sie ihn von dem einen zum andern jagte. Ursprünglich hatte er die Absicht gehabt, ins Ausland zu gehen; aber mit einer Frau, die nur ihrer Muttersprache mächtig war, und mit einer großen Familie? Hier in der Heimat – das merkte er bald – hatte er keine Stellung mehr; man schenkte ihm kein Vertrauen mehr; er wagte nicht, etwas Größeres anzufangen, oder er wollte warten, bis er einen entscheidenden Entschluß faßte. Inzwischen nahm er, was sich ihm bot, und es waren oft Arbeiten untergeordneter Art. Aus Überdruß und um genügend zu beschaffen, kam er dazu, sich mit mittelmäßigen Leistungen zu begnügen, schnell über eine Sache hinweg zu huschen.

Und stets ging er davon aus, daß es ja nur »vorläufig« sei. Sein wissenschaftlicher Trieb, sein Erfindungstalent konnte, wo er eine so schwere Last zu schleppen hatte, keinen hohen Flug nehmen. Aber das würde schon kommen. Er besaß die verschwenderische Phantasie der Jugend in bezug auf Zeit und Kräfte; deswegen sah er es lange selber nicht, wie ihn der große Haushalt und die große Familie tiefer und tiefer hinabzog.

Hätte er nur Frieden gehabt, dachte er, so würde er es alles überwunden haben und noch weit mehr. Er fühlte, daß er Kräfte hatte.

Aber Frieden hatte er niemals. Jetzt kommen wir nämlich zu dem Schlimmsten oder eigentlich zu der Summe des Vorhergehenden. Die ewige Unruhe, die sie erfüllte, fand ihren Ausdruck in einem ewigen Kampf. Teils besaß sie keine Selbstbeherrschung. Eine Laune, ein Verdacht, eine Spannung mußte über irgendeinen Beliebigen ausgelassen werden; sie erfaßte die geringste Gelegenheit. Zum Teil, und zwar hauptsächlich war es diese eine, ihr ganzes Leben beherrschende Angst, die sie von dem zurückhielt, was ihr am meisten hätte angelegen sein sollen – dem Hause Frieden zu geben. Sie ließ ihre Wirtschaft gehen, wie es eben gehen wollte; sie vernachlässigte die Kinder; ihre überflüssigen Kräfte ließ sie unablässig an ihm aus; ihre Eifersucht, ihre Furcht, ihre Schulden zehrten an seinem fruchtbaren Geist, trübten seine gute Laune, vernichteten seine Freude am Schönen, seinen Schaffensdrang. Er hatte namentlich eine große Idee, auf die er wieder und wieder zurückkam, ohne sie bewältigen zu können. Der Kampf hatte eines Tages auf dem Hügel oberhalb Helleberg begonnen, er hatte den ganzen Sommer gewährt. Es war ganz wunderbar; aber eines Tages, als er bei einer langweiligen Arbeit saß und Helleberg und Helene im Frühlingssonnenschein vor seiner Seele standen, stellte sich die Idee plötzlich wieder ein, hoheitsvoll, lächelnd – und er machte sich darüber her! Da flehte er seine Frau an: »Laß mich jetzt, bitte, nur einen Monat in Frieden: hier ist Geld! Ich bin mit einer Arbeit beschäftigt, ich will und muß Frieden haben! In einem Monat kann ich so weit sein, daß ich mir klar darüber bin, ob es sich verlohnt, damit fortzufahren. Vielleicht kann diese *eine* Idee uns alle versorgen.«

Dies letztere war etwas, was sie verstand. Und nun ließ sie ihm Ruhe. Er hatte ein Kontor in der Stadt, nahm aber des Abends oft seine Papiere mit nach Hause, denn es kam wohl vor, daß er plötzlich, während er ruhig dasaß oder lag, wieder mitten in der Arbeit war. Sie ließ ihm eine gute Pflege angedeihen, ja, sie setzte sich des Nachmittags, wenn er schlief, auf die Treppe, um jedes Geräusch fernzuhalten. Dies währte vierzehn – sage vierzehn Tage. Da geschah es, daß er einen Spaziergang machte und sie zwischen seinen Papieren kramte und dort zwischen Zeichnungen und Berechnungen und Briefen wirklich zufällig einmal etwas fand. Es waren folgende, von seiner Hand geschriebene Zeilen:

»Mehr von der Mutter als von der Liebhaberin in ihr, mehr von der Fürsorge der Liebe als von deren Genuß. Üppig in ihrem Gefühl, würde sie es nicht in einem Tag mit dir erschöpfen, sondern es mütterlich auf dein ganzes Leben verteilen. Statt des Wasserfalls – ein schiffbarer Fluß. Ihre Liebe war Hingebung, niemals ein Aufgehen darin. Du warst ein Wesen für dich, wie auch sie eines für sich war: zusammen würden wir mächtiger geworden sein, als zwei Liebende es zu sein pflegen...«

Es stand noch mehr geschrieben: Angelika aber konnte nicht mehr lesen, so wild ward sie. Hatte er selber dies Gelübde erfunden oder es nur abgeschrieben?

Kein Wort war durchstrichen oder verbessert: also hatte er es wohl abgeschrieben. Jedenfalls legte es Zeugnis davon ab, wo seine Gedanken sich bewegten.

Rafael kam still nach Hause, ging direkt auf sein Zimmer, zündete Licht an, ehe er noch sein Überzeug abgelegt hatte. Und stehend schrieb er ein paar Formeln nieder, schlug in einem Buch nach, setzte sich rittlings über einen Stuhl und machte eine schnelle Berechnung.

Da kam sie, beugte sich bis dicht an sein Antlitz herab und sagte in gedämpftem Ton: »Du bist ein netter Junge! Nun weiß ich doch, womit du dich beschäftigst. Sieh da! Da sind deine geheimen Gedanken – bei dem Frauenzimmer!«

»Frauenzimmer!« fuhr er auf. Der Zorn, daß er gestört wurde, daß sie zwischen seinen Papieren gekramt hatte, daß sie gerade dies gefunden, und nun das Schimpfwort in ihrem rohen Munde, gegen das Feinste, Edelste gerichtet, das er kannte, und vor allem dieser ganz unvermutete Überfall ließen ihn die Besinnung völlig verlieren:

»Was wagst du? Wen meinst du?«

»Ach, stell dich nur nicht so an, mein Junge! Glaubst du etwa, ich wüßte nicht, daß dies auf die gehen soll, die sich deines Gutes angenommen hat, um dich dadurch zu kapern?«

Sie sagte dies in höhnischem Ton. Dann fuhr sie fort: »Dies Tugendmuster, das schon als Kind ein Verhältnis mit einem alten Manne hatte!«

Im selben Augenblick fühlte sie sich bei der Kehle ergriffen und hintenüber aufs Sofa geschleudert, ohne daß die Hand sie freigegeben hätte. Sie konnte nicht atmen, sie erblickte sein Gesicht über dem ihren, tödlicher Haß war darin zu lesen. Eine Stärke, eine Wildheit, von der sie keine Ahnung hatte, die sie anstarrte, voller Wollust darüber, ihr den Garaus machen zu können; nach wildem Kampf sanken ihre Arme matt herab, und mit ihnen ihr Wille, nur die Augen waren weit geöffnet von Entsetzen und Neugier ... Würde er es wagen? Ja, er wagte es! Es ward ihr schwarz vor den Augen, ihre Glieder fingen an zu zittern, zu zittern ...

»Du hast meinen Apfel genommen, du!« ertönte eine Kinderstimme im Nebenzimmer, eine schwache, lispelnde. Aus dem unschuldigsten Frieden, den die Welt kennt, drang dies zu ihnen herein. Und das war ihre Rettung!

Er stürzte zum Hause hinaus. Und als ihn das wieder verließ, was ihm gleichsam von hinten alle Macht geraubt und ihn geritten hatte, wie ein Reiter sein Pferd reitet, da war er eigentlich nicht entsetzt. Dazu war das Gefühl der Befriedigung, daß sie endlich einmal seine Macht gefühlt hatte, viel zu groß.

Nach und nach aber schlug es um. Den Fall gesetzt, er hätte sie getötet und müßte nun lebenslänglich dafür ins Zuchthaus ...

War diese Möglichkeit in sein Leben hineingerückt? Konnte ihm dies häufiger passieren?

»Nein, nein, nein!« antwortete eine Stimme in ihm. »Nein, nein, nein!« – Merkwürdig, er empfand Mitleid mit Angelika! Wie unglücklich muß sie sich fühlen, um so schlecht zu werden, um so schlecht über ganz unschuldige Menschen zu denken! Und wie traurig muß es um sie bestellt sein, wenn sie so gegen ihn sein konnte, den sie über alles in der Welt liebte, ja, der der einzige war, für den sie lebte. Ein langes, langes Rechenexempel folgte nun – mit seiner Schuld, mit ihrer Schuld, mit anderer Schuld – und das kühlte ihn ab, das beruhigte ihn. Er war nach Verlauf von ein paar Stunden imstande, nach Hause zu gehen, um sie in Tränen aufgelöst auf seinem Bett zu finden, bereit, ihm sofort beide Arme um den Hals zu schlingen. Er beugte sich herab, bat sie tausendmal um Verzeihung mit Worten, Küssen und Umarmungen.

Mit dieser Szene aber war die Idee davongeflogen! Jene erhabene Stille der Geburtsstunde war verletzt: er sah sie später nur noch auf der Flucht. Ja, bald widerstand es ihm, sie zu verfolgen: er schloß diese ganze Gedankenreihe ab und machte sich wieder an den Broterwerb: es bot sich ihm gerade etwas, das Angelika aufgestöbert hatte.

Wieder hinein in die nimmer endende Arbeit: jetzt endlich fing es an, ihn zu erbosen – der Zorn des Staatspferdes, das zum Lasttier gebraucht wird. Dies trug dazu bei, die häuslichen Szenen zu verschlimmern. Seit jenem Auftritt hatten die Zusammenstöße überhaupt kein Ende mehr. Auch bedurfte es keiner Worte mehr, um sie hervorzurufen: eine Bewegung, eine Miene, ja ein Schweigen ihrerseits, wenn er etwas sagte, genügten, um die heftigsten Streitigkeiten hervorzurufen. Früher hatten sie sich in Gegenwart anderer geschämt: jetzt war es ihnen einerlei, ob sie allein waren oder nicht. Bald stand er in bezug auf die Brutalität der Worte und die Unbedeutendheit des Anlasses zum Streit nicht im geringsten hinter ihr zurück: er war ihr eher überlegen. Bald warf er die schönsten Gaben des Lebens zu Boden, trat sie mit Füßen. Seine müßige Phantasie und Schaffenskraft beschäftigte sich jetzt hiermit.

Seine Sehnsucht, seine Qual wetteiferten mit seiner Leidenschaftlichkeit. Bald hatte das eine, bald das andere Gefühl einen Vorsprung. Die Form der Verzweiflung war stets dieselbe: daß dies ihm begegnen konnte ... Wenn er entfloh? Deswegen entging er seinem Schicksal nicht. Anfänglich hatte ihn das Verhältnis bei seinem Gewissen gepackt, dann waren ihm die Kinder lieb geworden, und das Beispiel seiner Mutter sagte ihm: »Halt aus, halt aus!« Die allgemeine Prophezeiung der Leute, daß sich diese Ehe ebenso schnell wieder lösen würde, wie sie geschlossen war, wollte er Lügen strafen. Auch kannte er Angelika jetzt zu gut, um nicht zu wissen, daß er von ihr keine Scheidung erreichen würde, bis sie ihm nicht mit dem Gesetz in der Hand das Fell gänzlich über die Ohren gezogen hatte. Er würde nicht freikommen.

Anfänglich handelte es sich um Ehre und Pflicht. Die Ehre, die Pflicht galt dem Kinde, das kommen sollte – und das nicht kam.

Hier hatte er eine gewaltige Anklage zu erheben. Mitten im Trauerspiel aber war es gar lustig, daß die Anklage mit großer Gewandtheit gegen ihn gewendet wurde. Sie hatte ihre Fähigkeit, Kinder in die Welt zu setzen, hinreichend bewiesen; er aber hatte die seine nicht bewiesen! Hatte sie sich geirrt, so war die Schuld an ihm! – Er wagte schließlich nicht mehr, die Sache zu erwähnen, denn dann ward ihm sein flottes Junggesellenleben vorgeworfen – das allein war schuld daran, daß sie keine Kinder bekam!

Je länger dieser Zustand währte, je bekannter die Sache wurde, um so unbegreiflicher war es den meisten, daß die Ehe nicht aufgelöst wurde. Auch er grübelte in schlaflosen Nächten darüber nach. Aber es ist nun einmal eine bekannte Tatsache, daß jemand, der sich zu tausendfachen kleinen Empörungen hinreißen läßt, nicht imstande ist, seine Kraft auf eine entscheidende zu konzentrieren. Auch der endlose Streit bindet, indem er unsere Kräfte aufreibt.

Seine Fähigkeiten verringerten sich. Das nach jeder Richtung hin angreifende Zusammenleben und die angestrengte Arbeit daneben bewirkten, daß er nicht mehr zu bewältigen vermochte, als für die Erfordernisse des Lebens nötig war; Eingebung und Wille kamen ihm allmählich abhanden.

Ein eigener Zustand entwickelte sich: er hatte Halluzinationen, sah Gesichte. Er sah sich selber, seinen Vater, seine Mutter – alle Bilder waren von drohender Art. Wenn er schlief, hatte er die entsetzlichsten Träume: seine brachliegende Phantasie, sein müßiger Schaffensdrang rächten sich. Alles ermattete ihn.

Voller Bewunderung sah er ihre robuste Gesundheit: sie besaß den Körper und die Instinkte eines Raubtiers. Aber zuweilen – ihre Kämpfe, ihre Versöhnung führten ja alle Offenbarungen mit sich – konnte er sie auch in ihrem Schmerz sehen. Sie klagte nicht, sie sagte kein Wort – so etwas brachte sie nicht fertig – aber zuweilen weinte sie und gab sich ihrer Verzweiflung hin, wie es nur die größte Verzweiflung kann. Ihre Natur war gewaltig und ihr Liebeskampf war ohne Glauben. Selbst wenn sie am häßlichsten wurde, lag die Schönheit der Lebensfülle darin; das Ringen dieser wilden Persönlichkeit mit dem Schicksal warf oft einen tragischen Lichtschimmer.

Eines Tages begegnete er seinem Verwandten, dem Expeditionschef. Sie pflegten einander zu meiden, heute aber redete er ihn an.

»Du, Rafael,« sagte der kleine Mann in nervöser Erregung, »ich war auf dem Wege zu dir.«

»Ach, was gibt's denn?«

»Ja, siehst du, du scheinst eine Ahnung zu haben. Es handelt sich um einen Brief von deiner Mutter.«

»Von Mutter!«

Sie halten diese ganze Zeit hindurch, seit dem Telegramm, keine Silbe miteinander ausgetauscht.

»Ein langer, großer Brief an dich. Sie hat aber eine Bedingung gestellt.«

»Hm, hm, eine Bedingung?«

»Ja, ereifere dich nur nicht; es ist nichts Schlimmes. Du sollst nur aus der Stadt fortgehen, wohin du Lust hast, nur damit du Ruhe hast. Und dort sollst du den Brief lesen.«

»Du weißt, was er enthält?«

»Ich weiß, was er enthält. Ich trete dafür ein.«

Was er damit sagen wollte oder weswegen er so erregt war, begriff Rafael nicht. Aber es steckte ihn an; hätte er Geld dazu gehabt und wäre er heute frei gewesen, so würde er sofort gereist sein. Aber er hatte kein Geld, nicht mehr, als er notwendigerweise heute abend zu dem Fest haben mußte. Die Billette trug er in der Tasche. Er halte Angelika versprochen, mit ihr dahin zu gehen, und das wollte er halten, denn das Versprechen war während einer großen Versöhnungsszene gegeben. Ein weißes Seidenkleid war das Ölblatt dieser friedlichen Tage gewesen.

Sie war auch auffallend schön, als sie am Abend an seinem Arm hoheitsvoll, majestätisch in den Saal der Loge trat. Sie fühlte die Stimmung; mit sicherer Überlegenheit steuerte sie dahin, wo sie erfreuen, oder dahin, wo sie ärgern wollte.

Er war nicht sicher. Er mochte sich überhaupt nicht gern öffentlich mit ihr zeigen, und in der letzten Zeit hatte sie gerade mit Vorliebe öffentliche Orte gewählt, um Szenen zu machen. Auch war er in nervöser Erregung über den Brief seiner Mutter. Kurz ehe er auf das Fest gegangen war, hatte er an zwei Stellen versucht, sich Geld zu leihen, und hatte an beiden Stellen Entschuldigungen und kein Geld erhalten. Das hatte ihn tief gedemütigt. Dieser sein unruhiger Zustand bewirkte, daß er (wie dies bei nervösen Leuten oft der Fall ist) lebhaft und ausgelassen wurde, ja, sich vorzüglich amüsierte. Und gleichsam, als sollte ihm das alte Glück heute abend wieder ein wenig lächeln, begegnete er seinem Freund und Vetter aus dem Ausland, Hans Ravn – ihm und seiner jungen bayerischen Frau; sie waren ganz kürzlich in der Hauptstadt angelangt. Alle drei waren entzückt über das Zusammentreffen.

»Weißt du wohl noch,« sagte Hans Ravn, ihn beiseite nehmend, »wie oft du mir Geld geliehen hast, Rafael? Jetzt bin ich obenauf. Ich habe eine reiche Frau, die nebenbei das entzückendste Menschenkind ist. – Ach, du sollst sie nur kennen!«

»Und schön ist sie auch!«

»Ja, schön ist sie auch ... und lustig! Ich bin, so wie du mich hier siehst, der glücklichste Mann in ganz Norwegen.«

Rafaels Augen füllten sich mit Tränen. Der Freund legte ihm die Hände auf die hohen Schultern.

»Bist du denn nicht glücklich, Rafael?«

»Nicht ganz so glücklich wie du, Hans!«

Er verließ ihn, um mit jemand zu reden, kehrte dann zu ihm zurück.

»Du sagtest vorhin, Hans, ich hätte dir oft Geld geliehen ...«

»Brauchst du Geld? Willst du etwas haben, Rafael? Lieber Freund, sag nur, wieviel?«

»Kannst du zweihundert Kronen entbehren?«

»Da sind sie!«

»Nein, nein, nicht hier! Laß uns hinausgehen!« flüsterte Rafael.

»Ja, komm, dann trinken wir eine Flasche Champagner zur Feier des Wiedersehens. – Nein, ohne unsere Frauen«, fügte er hinzu, als Rafael dahin blickte, wo die beiden Damen standen und sich unterhielten.

»Ohne unsere Frauen!« lachte Rafael: er verstand den Vetter und wollte jetzt seine Freiheit in vollen Zügen genießen.

Heiter, laut redend, kehrten sie in den Saal zurück. Rafael forderte die junge Frau Ravn zum Tanz auf: ihre Schönheit, frische Heiterkeit und besonders ihr unverhohlenes Entzücken über die Familie ihres Gatten nahmen ihn mit Sturm für sie ein. Auch den folgenden Tanz tanzten sie zusammen und unterhielten sich hinterher lachend und scherzend.

Später am Abend, als man zu Tische gehen wollte, suchten die beiden Freunde ihre Frauen auf: sie wollten zusammensitzen. Rafael sah schon aus der Ferne, daß Angelikas Antlitz eine Gewitterwolke war. Eine maßlose Wut erfaßte ihn: unschuldiger war er niemals angeklagt worden. Und dann, daß er auch niemals mehr eine ungetrübte Freude haben konnte! Er beschränkte sich aber darauf, ihr zuzuflüstern: »Ich bitte dich, Angelika, nimm dich doch zusammen vor den Leuten.«

Aber das war durchaus nicht ihre Absicht. Er hatte sie vor aller Augen sitzen lassen – sie wollte ihre Rache haben. Hans Ravns und besonders seiner Gattin Lustigkeit war ihr unerträglich: sie hieb mit Worten um sich – einmal, zweimal, dreimal: Hans Ravns Züge wurden immer verwunderter. Das Unwetter wäre vielleicht vorübergegangen, denn Rafael parierte die Hiebe geschickt, ja, er verwandelte sie in Scherz, so daß die Gesellschaft in eine lustige Stimmung hineingeriet, und da gleitet alles spurlos ab.

Aber sie griff zu etwas anderem. Wie bereits erwähnt, hatte sie allerlei aufreizende Mienen, Gesten und Bewegungen, die nur er verstand. Damit fing sie an. Sie verhöhnte auf diese Weise alles, was die anderen sagten, und besonders das, was er sagte. Er konnte nicht umhin, sie anzusehen, und jedesmal erhielt er einen höhnenden Blick, bis er mitten in all der Heiterkeit und mit der ganzen Liebenswürdigkeit und Herzlichkeit, die man in so etwas hineinlegen kann, ihr ein grobes norwegisches Schimpfwort zurief. Die junge Ausländerin mit den lustigen Augen wiederholte das schreckliche Wort und fragte: »Was ist denn das?« Das war so unwiderstehlich komisch, daß auch Angelika lachen mußte, und alle glaubten, jetzt sei die Situation endgültig gerettet.

Nein, es war, als sitze der leibhaftige Satan mit am Tisch. Sie ließ nicht nach. Die Unterhaltung wurde wieder lebhaft, und als sie ihren Höhepunkt erreicht hatte, machte sie eine höhnische Geste, das verspottend, worüber die anderen lachten – und diesmal verstanden es alle. Man ward verlegen, Rafael sah sie wütend an, da wiederholte sie ihr Manöver.

»Was fällt dir denn ein, du Junge?« sagte sie.

Jetzt gab Rafael heftige Antworten; er ließ ihr nichts mehr hingehen, gab ihr harte, böse Antworten; jetzt war er schlimmer als sie.

»Aber, mein Gott, Rafael,« sagte endlich der gute, friedfertige Hans Ravn, »wie du dich nur einmal verändert hast!«

Die guten, freundlichen Augen sahen Rafael mit einem Ausdruck an, den er nicht wieder vergessen konnte; er ward sehr bleich. »Ja, ich kann es nicht mehr aushalten!« rief die junge Frau Ravn, in Tränen ausbrechend, sie erhob sich; ihr Mann eilte zu ihr hinüber und führte sie hinaus.

Rafael blieb mit Angelika zurück; die Zunächstsitzenden sahen zu ihnen hin und flüsterten zusammen. Beschämt, wutentbrannt blickte er Angelika an – die lachte. Es flammte ihm rot vor den Augen, er empfand eine wilde Begier, sie vor aller Augen zu erdrosseln. Ja, die Versuchung war so stark in ihm, daß er glaubte, man müsse es ihm ansehen können. »Ist Ihnen nicht wohl, Kaas?« hörte er jemand neben sich fragen. Er konnte sich später nicht entsinnen, wer es war oder ob er geantwortet hatte, auch nicht, wie er hinauskam. Aber noch auf der Straße dachte er mit der größten Wollust daran, wie herrlich es sein müsse, sie zu erwürgen – ihr Gesicht wieder so blau, sie mit herabsinkenden Armen, mit vor Entsetzen weit geöffneten Augen zu sehen. Denn das stand fest, einmal würde er es doch tun! Sein Leben endete im Zuchthaus, das war ebenso sicher wie das Ingenieurtalent, das er besessen und verraten hatte.

Eine Viertelstunde später stand er im Observatorium und schaute zum Himmel empor, nach Sternen suchend. Aber da waren keine. Er fühlte, wie ihm die Kleider vor Schweiß am Leibe festklebten, und doch durchschauerte es ihn eisig. »Das ist die Zukunft, die deiner harrt,« dachte er, »sie macht deine Glieder schon erstarren.«

Da rang sich plötzlich eine neue Kraft los, die unter all dem Alten lag, und ergriff das Kommando: »Du sollst nicht wieder zu ihr zurückkehren. Jetzt hat die Sache ein Ende; jetzt halte ich es nicht mehr aus!«

Was war das nur einmal? Was für eine Stimme war das? Sie klang wirklich, als käme sie von außen. War es die Stimme seines Vaters? Eine Männerstimme war es; sie machte ihn klar und ruhig. Er kehrte um, ging, ohne sich zu besinnen, ohne Angst zu empfinden, nach dem ersten besten Hotel. Jetzt beginnt ein neuer Abschnitt. Und dann schlief er drei Stunden lang ganz fest, zum erstenmal seit langer Zeit, ungestört und ohne zu träumen. Dann erhob er sich.

Am nächsten Vormittag saß er in dem kleinen Glaspavillon der Ejdsvolder Station; das Briefpaket der Mutter lag offen vor ihm; es war ein ganzer Haufen Papiere, jetzt waren sie durchlesen.

Graukalt unter dem Herbstnebel lag die Gegend vor ihm; die Hügel waren noch nicht sichtbar. Das Pochen und Hämmern in den Werkstätten zur Rechten, vermischt mit dem Rascheln der Fuhrwerke, die über die Brücke rollten; von links her die Signalpfeife eines Zuges; das Tassengeklirr da drinnen im Restaurant – Bilder und Laute, die gleich Blasen die Eindrücke umgaben, wie das Wasser um die kochenden Eier aufsprudelt ...

Von dem Augenblick an, wo seine Mutter wußte, daß Angelika nicht guter Hoffnung sei, begann sie, alles über sie zu sammeln, dessen sie nur habhaft werden konnte. Mit Hilfe der überall zugegenen, stets beharrlichen Familie war dies in einer Ausdehnung und bis in Details hinein geschehen, wie es kein Untersuchungsrichter hätte besser machen können. Hier lagen nun Briefe, Erklärungen, Zeugenaussagen, die die Betreffenden sich zu beschwören bereit erklärten; ferner Originalbriefe von Angelikas Hand, unbesonnene Briefe, wie diese leidenschaftliche Natur sie trotz all ihrer Berechnung fertig brachte, oder auch sehr berechnende Briefe, die andere aus einer andern Periode und mit anderer Berechnung strikte widerlegten. Diese Dokumente waren nur Belege zu einer scharfen Darlegung von der Mutter Hand. Sie also hatte den Spürsinn der anderen geleitet und das Gefundene wieder zu einem Ganzen zusammengefügt. Mit mathematischer Genauigkeit war hier geordnet, was man beweisen konnte und was man nicht beweisen konnte, was aber anzunehmen war. Keine Bemerkung war hinzugefügt, kein direktes Wort an ihn.

Der Teil dieser Aufklärungen, der sich auf ihre Vergangenheit bezog, hat nichts mit dieser Sache zu tun. Der Teil, der das Verhältnis zu Rafael betraf, begann mit der Beweisführung, daß die anonymen Briefe, die seine Verlobung mit Helene verhindert hatten, von Angelika geschrieben waren. Man kann sich vorstellen, welch einen überwältigenden, demütigenden Eindruck diese Entdeckung auf Rafael ausübte! Wer war er, daß man ihn am Seile herumzerren und abrichten konnte wie ein gefangenes Tier? Wie konnte ihn das, was schlecht in ihm war, und das, was gut in ihm war, auf einen solchen

Abweg führen! Gleich einem willenlosen Toren hatte er sich treiben lassen; er hatte weder gesehen, gehört, noch gedacht, bis er sich fern von allem befand, was sein, fern von allem, was ihm teuer war.

Er saß hier jetzt wieder schweißtriefend wie in der verflossenen Nacht; ihn fror entsetzlich, deswegen lief er auf sein Zimmer hinauf, packte die Papiere zusammen, schloß sie in seinen Koffer und stürzte selber von dannen, die Landstraße entlang. Die Leute standen still und starrten dem langen Menschen nach.

Er aber wiederholte, während er lief: »Wer bist du, mein Junge, wer bist du?« Bald fragte er die Berge danach, es gab deren hier gar viele, schließlich auch die Bäume. Ja, die Wolke, die dahinsegelte, fragte er: »Wer bin ich? – Kannst du es mir nicht sagen?« Der nasse, gelbliche Grasabhang, halb verwelkt lag er da und reizte ihn, der leere Kartoffelacker, das Stoppelfeld, das gefallene Laub.

Der, der du bist, darfst du nicht sein; das, was du kannst, darfst du nicht tun; das, was du werden solltest, erreichst du nie!

Wie du – so auch deine Mutter vor dir. Auf einen Abweg. Und dein Vater auch. Vielleicht auch ihr Vater und ihre Mutter vor ihnen, wer weiß? Dies ist der Zweig einer großen Familie, die niemals erreicht, wozu sie erschaffen ward. Irgend etwas leitet jeden von uns vom Wege ab, abgeleitet aber werden wir alle. Weshalb ist es so? Wir haben doch größere Ziele als die meisten anderen. Die anderen aber fahren die ebene Landstraße dahin bis zu der Tür, die in das Haus ihres Glückes führt – wir verirren uns von der Landstraße in den Wald hinein; bin ich denn jetzt nicht selber dort? Fort von der Landstraße, in den Wald hinein, als gehorchte ich einem innern Gesetz? Mitten in den Wald hinein?« Er schaute sich um zwischen Ebereschen und Birken und anderm entfärbten Laubwald. Naß standen die Bäume rings um ihn her, als warteten sie auf seinen Kummer. »Ja, ja, der Wald will mich hier hängen sehen, wie Absalom an seinem langen Haar.«

Kaum hatte er dies alle Bild hervorgeholt, als er seinen Lauf hemmte, als hielte ihn eine feste Hand zurück. Diesem Gedanken durfte er nicht entfliehen, er mußte ihn bis auf die Neige ausdenken! Je tiefer er da hineinkam, desto klarer ward es ihm: Absaloms Geschichte war seine eigene Geschichte!

Mit der Empörung fängt es an – damit fängt naturgemäß das an, was uns vom Hauptwege forttreibt, was uns in die Leidenschaften und in ihre Zufälligkeiten hineintreibt. Das ist ganz klar. Dann wachsen die Leidenschaften uns über den Kopf. Der Zufall reißt der Anlage die Macht aus der Hand ... Aber David lehnte sich ebenfalls auf! Weshalb blieb David nicht an seinem Haar hängen? Es war doch mindestens ebenso lang wie das Absaloms. Ja, kurz davor war David ebenfalls. Mehr als einmal. Noch in seinem hohen Alter. Aber die zentrale Macht war zu stark in David. Die Energie in ihm war und blieb zu mächtig; sie bezwang die aufrührerischen Kräfte, sie konnten ihn nicht tief genug in die Leidenschaften hineinziehen. Es wurden nur Ferienausflüge, die seinem Leben Poesie verliehen. Die Bestimmung vermochten sie nicht zu erschüttern. Ja, sie war zu stark in David, daß er die aufrührerischen Kräfte in sich aufnahm und aus ihnen Nahrung sog. Und doch war er kurz vor dem Verderben – mehr als einmal.

»Das ist es ja, was ich elender, verdammter Waschlappen nicht kann. Deswegen bleibe ich hängen. Bald ist der Mann mit dem Speer da!«

Jetzt stürzte Rafael mit wilden Sprüngen in den dichtesten Wald hinein; er wollte wohl dem Mann mit dem Speer entfliehen. Er war unten in einem Tal zwischen zwei großen Hügeln, die tiefe Schatten warfen. Ach, wie ihn dürstete! Er hemmte den Lauf und schaute um sich. Wie konnte er etwas zu trinken bekommen? Ja, da hörte er das Murmeln eines Baches, er folgte dem Laut. Ganz in der Nähe befand sich eine Lichtung. Statt an den Bach hinabzugehen, stürzte er auf die Lichtung zu, die ihn mit unwiderstehlicher Macht zog. Die Sonne war durch die Wolken gebrochen und beschien die Baumwipfel, unter denen tiefer Schatten herrschte. Sah er etwas? Ja, es war ihm, als erblicke er sich selber – nicht vor ihm in der Lichtung, sondern im Dickicht, im Schatten, unter einem Baum. Dort hing er an seinem Haar! Hing dort und baumelte, lang, aber in dem Samtanzug aus der Kinderzeit und mit den enganschließenden Beinkleidern. Er drehte sich an seinem Haar herum, wie es damals gewesen, rot, lockig. Etwas weiter hin aber sah er deutlich noch eine Gestalt; es war seine Mutter, stolz, stattlich, als drehe sie sich nach einer Melodie. Ja, daß sich Gott erbarm, noch ein wenig weiter hing sein

Vater, breit und schwer, an seinem spärlichen, dünnen Nackenhaar, mit verzerrtem, jämmerlichem Gesicht wie auf dem Sterbebett.

Es war im Grunde kein Jammer um die beiden – sie waren so alt! Um ihn aber war es ein großer Jammer, denn er war noch jung. Und dann war er niemals glücklich gewesen, nicht einmal in seiner Kindheit. Es war etwas nicht ganz heil in ihm, das ihn verstimmt oder das ihn eingeschüchtert oder ihm die Sicherheit geraubt hatte, so daß er sich stets in einer Spannung befand. Niemals war er irgendwo in erster Linie mit dabei gewesen, so in stillem, natürlichem Frieden! Stets hatte sich irgend etwas hindernd dazwischen gestellt. Nur mit einer einzigen Ausnähme – die Begegnung mit Helene!

Es war ihm, als sitze er mit ihr im Boot auf der Bucht; es schimmerte in der Luft, es flötete im Walde, und er war oben auf dem Hügel mit ihr und bei der Tannenpflanzung; sie erklärte ihm, daß es auf die Fürsorge ankomme, wenn sie gedeihen solle ...

Er ging dicht an den Bach hinab, um zu trinken; er beugte sich herab, über das Wasser. Dabei erblickte er sein eigenes Gesicht; wie ging das nun einmal zu? Ja, da eben schien die Sonne – natürlich!

Er sah sein eigenes Gesicht ... Du großer Gott, es sah aus wie das seines Vaters!

Im letzten Jahre hatte er große Ähnlichkeit mit seinem Vater bekommen, das hatte man allgemein gesagt. Er sah deutlich die Miene der Mutter, als sie es bemerkte. Aber du großer Gott, hatte er denn nicht schon graues Haar? – Ja, in Unmenge! So viel, daß sein Haar nicht mehr rötlich war, sondern einen ganz grauen Schein hatte! Das hatte ihm niemand gesagt! Hatte er so viel gelitten? Und so wenig Gewicht hatte er darauf gelegt, als Hans Ravn zu ihm sagte: »Wie du dich aber verändert hast, Rafael!« Bei diesem ewigen Kampf, in dem er lebte, hatte er sich wohl davon entwöhnt, sich selber zu beachten. Worte und Handlungen waren ja nicht mehr auf die Wagschale gelegt. Natürlich hatte er sich überhaupt davon entwöhnt, Beobachtungen anzustellen. Wäre der Bach ein wenig tiefer gewesen, so hätte er sich hineingleiten lassen ...

Er sprang auf und ging weiter, schnell, schneller. Bald diesen, bald jenen sah er im Walde hängen. Er wagte nicht mehr, sich umzusehen. War es denn so wunderlich, daß auch noch andere als er und seine Familie von dem Hauptwege abbogen und die Abwege und die Bäume des Waldes bevölkerten. Er war ungerecht gegen sich und seine Eltern gewesen; sie waren nicht allein, sie befanden sich in einer sehr zahlreichen Gesellschaft. Was hat ein unfertiges Volk denn anders zu bedeuten, als daß Dinge, die nicht dazu bestimmt sind, die Herrschaft ergreifen?

Mehr als die Hälfte kommen nicht vorwärts, mehr als die Hälfte der Kräfte werden vergeudet.

Hier auf diesen Waldungen, zwischen diesen Hügeln, einer neben dem andern parallel laufend, gleichsam ausgeschnitten, geordnet wie die Orgelpfeifen, war auch Henrik Wergeland umhergestürmt. Auch er kurz davor – kurz davor!

Weiß Gott, es war kein Wunder, daß die Ravns sich hier versammelten; hier hingen viele, hier!

Ha, ha, das mußte er seiner Mutter schreiben! Das war etwas, worüber er ihr schreiben mußte, die sie das leztemal von ihm gegangen war, die ihn verließ, als er sich am unglücklichsten fühlte, weil es für sie die Hauptsache war, daß ihre heilige Person unverletzt, ihr Trotz aufrecht, ihre beleidigte Miene hoheitsvoll blieb, daß ihre Verschmähtheit gerächt wurde … ach, welch langes Haar! Ach, wie fest die Mutter hängt! Sie hat ihr Haar nicht beschnitten!

Jetzt aber soll es ihr heimgezahlt werden, jetzt. So weit zurück, wie er sich erinnern konnte, wollte er greifen; er wollte ihr endlich einmal den Spiegel vorhalten! Jetzt besaß er die Macht dazu und das Recht!

Sein Entdeckertalent hatte so lange unter übelriechenden Sägespänen von dem ewigen Sägen bei Tag und bei Nacht verborgen gelegen. Jetzt erwachte es in diesem einen Punkt – und nun sollte die Mutter es fühlen …

Die Leute sahen den langen Mann aus dem Walde herausstürzen, über Zäune und Gräben springen, stets aufwärts strebend, den Fußpfad hinauf. Dort oben auf dem höchsten Punkt, dort wollte er an die Mutter schreiben …

Er kehrte erst nach dem Bahnhofshotel zurück, als es bereits dunkelte – saß da, mit Kot bespritzt, entsetzlich erschöpft. Er sei hungrig wie ein Wolf, sagte er, aber er aß fast nichts. Dahingegen trank er unmäßig. Dann erhob er sich; er wolle ein paar Tage hierbleiben und schlafen, sagte er.

Man glaubte, es sei ein Scherz, aber er schlief ununterbrochen bis zum nächsten Mittag; dann weckte man ihn, er aß ein wenig, trank abermals viel; er hatte stark transpiriert. Dann schlief er wieder ein. Noch einen Tag und eine Nacht auf gleiche Weise, dann erwachte er am Morgen und befand sich allein. War nicht ein Arzt bei ihm gewesen, und hatte der nicht gesagt, es sei gut, daß er schlafe? Es war ihm, als habe er von Zeit zu Zeit das Geräusch von Stimmen gehört. Eins aber stand fest, jetzt fühlte er sich gesund; er hatte nur einen wahren Heißhunger und einen brennenden Durst, und als er sich aufrichtete, war ihm schwindlig. Aber das ward besser, nachdem er etwas von den Speisen gegessen hatte, die im Zimmer standen. Er trank aus der Waschkanne – die Wasserflasche war leer –, ging ein paarmal vor dem geöffneten Fenster auf und nieder. Es war sehr kalt, deswegen schloß er es wieder. Gerade als er sich umwandte, um sich umzukleiden, fiel ihm ein, daß er seiner Mutter einen schrecklichen Brief geschrieben haben mußte! Wie lange war das her? Hatte er sehr lange geschlafen? Und war er nicht ganz grau geworden?

Er trat an den Spiegel, vergaß aber das graue Haar über sein Aussehen! Mager, schlaff, schmutzig, gleichsam erloschen ... Der Brief, der Brief! Du großer Gott, der Brief! Der würde die Mutter töten! Hier war Unglück genug, mehr durfte nicht kommen! Er kleidete sich mit einer Hast an, als könne er dadurch den Brief wieder einholen; er sah nach der Uhr, die stand. Den Fall gesetzt, daß der Zug bald da war, er mußte noch mit! Und von dem Zug muß er direkt auf den Dampfer und heim, heim nach Helleberg! Vor allen Dingen aber der Mutter ein Telegramm senden; er schrieb es auf: »Kehre dich nicht an den Brief, Mutter, heute abend komme ich und verlasse Dich nie wieder!« – So. jetzt brauchte er nur noch einen Schlips umzubinden, dann die Uhr – ja, es war doch wohl Morgen? – Dann einpacken, dann hinab und bezahlen, essen, ein Billett nehmen, das Telegramm abschicken; zuerst aber – nein, alles mußte auf einmal geschehen; der Zug war da, er hielt nur noch wenige Minuten.

Nur mit genauer Not kam er noch mit; das Telegramm ward einem andern zur Besorgung übergeben. Aber er saß kaum im Coupé, wo er allein war, als ihn der Gedanke an den Brief, an den Brief peinigte, so daß er nicht stillsitzen konnte. Diese entsetzliche Zergliederung seiner Mutter, Strophe auf Strophe – jetzt ward es ihm klar – er fühlte sich zurückversetzt in die Stimmung, die ihn zwischen den Hügeln in den Waldungen bei Ejdsvold verfolgt hatte. Auch auf dieser Seile des Tunnels war die Landschaft wie dort. Du großer Gott, dieser entsetzliche Brief kam ja gar nicht aus dem Innersten seines Herzens, sonst hatte ihn der Gedanke daran nicht so gequält.

Welches Recht hatte er, seiner Mutter oder sonst jemand einen Vorwurf daraus zu machen, daß das Zufällige, das, was nur in der Peripherie lag, bestimmend über sein Leben geworden war?

Konnte das Telegramm früh genug kommen, so daß sie nicht zu verzweifelt wurde? Würde seine Ankunft sie nicht vom Hause forttreiben?

Ihr so etwas zu schreiben! Ihr, die keinen andern Gedanken gehabt hatte, als die Tatsachen zu sammeln und festzustellen, die ihm zur Befreiung dienen konnten! Die Undankbarkeit mußte ihr zu groß erscheinen. Sie hatte etwas unbeholfen Verschlossenes, das Katastrophen herbeiführte; sie mochte sich nicht erschließen, daher die Sprengungen. Auf welchen Einfall mochte sie jetzt nicht gekommen sein, wenn ihr statt des Dankes dieser schreckliche Überfall zuteil ward? Vielleicht würde sie dann meinen, das Leben sei nicht wert, gelebt zu werden! Sie, die der Ansicht war, daß der Tod so leicht sei! Es durchschauerte ihn.

»Mutter tut aber nichts sofort,« dachte er dann, »sie erwägt erst. Die Wurzeln in ihr fassen tief; wenn es den Anschein hat, als folge sie einer plötzlichen Eingebung, so hat das seinen Grund darin, daß sie sich oft mit dem Gedanken beschäftigt hat. Hierbei ist das aber nicht der Fall; dies überlegt sie.« Er sah sie in ihrer Seelennot umherwandern, den Schal stramm um die Schultern gezogen; er sah sie mit festem Blick in sein Leben hineinstarren und in das ihre, bis ihr beide unwiederbringlich verloren schienen; er sah sie umhergehen und grübeln, wie sie sich am besten verbergen könne, so daß nicht mehr Qualen daraus entstanden.

Wie er sie liebte! Diese Zeit hatte ihm eine Tarnkappe aufgesetzt; jetzt war sie entfernt.

Er saß auf dem Verdeck des Dampfers, der ihn heimwärts führte. Ein milder, sanfter Regen fiel jetzt, richtiges Sommerwetter war geworden; gegen Abend klärte es sich auf. Er kam sicher bei klarem Wetter, bei Vollmond nach Helleberg; da würde es wieder kühler werden.

Er sprach mit niemand und hatte auch für nichts um sich her Auge. Er sah seine Mutter in dem dünnen Schal, das war seine einzige Gesellschaft. Nur sie, nur sie, nur sie! Wenn das Telegramm sie nun noch mehr erschreckt hatte! Sein Anblick mochte ihr ja jetzt vielleicht das Schrecklichste von allem sein. Ein so vernichtendes Urteil über ihr ganzes Leben zu lesen, und zwar von ihm – sie war nicht danach angetan, daß sich so etwas dadurch auslöschen ließ, daß er sie um Verzeihung bat und zu ihr kam. Im Gegenteil, das würde das Schlimmste beschleunigen.

Natürlich würde er das tun. Abermals brach der helle Schweiß aus. Er mußte mehr Überzeug anziehen.

Die Angst zwang ihn in die Gedanken hinein, die ihr gefielen, er mußte in das Entsetzliche hinein ... Sich ausmalen, welchen Tod seine Mutter wählen werde! Er sprang auf, er wandte sich hierhin, dahin, er hätte gern die Arme um jemand geschlungen und geschrien, aber er wußte ja, daß es unmöglich war, sich davon zu befreien. Er mußte sehen, wie sie im Zimmer umherging und die Gewehre musterte, bis sie den Gedanken aufgab, eins davon zu benützen. Dann fing sie an, sich der tiefsten Verstecke des Waldes zu entsinnen; wo waren die alle? Er rief sie sich eins nach dem andern ins Gedächtnis. Nein, keins derselben würde sie wählen, denn sie würde sich so verstecken, daß sie nie wieder zu finden war. Die Zementlager! Dort fiel das Ufer steil ab, dort war die See tief. Er mußte sich an dem rauchgeschwärzten Tauwerk festhalten, um nicht zu fallen; er rang nach Befreiung! Dort aber schwamm sie schaukelnd in der plätschernden Brandung. Lag das Gesicht höher als der Körper oder lag der Körper noch eine Weile höher als das Gesicht?

Allmählich ward er von diesen entsetzlichen Gedanken befreit, indem die Leute an ihn herantraten und ihn fragten, ob er krank sei.

Man gab ihm etwas Heißes, Starkes zu trinken, und nun machte das Schiff eine Biegung, und alles ringsumher war ihm bekannt. Sie fuhren dort vorüber, wo der Weg nach Helleberg führte, denn sie mußten erst nach der Stadt und dann mit einem Boot zurück. Jetzt handelte es sich nur darum, ob ihm ein Boot entgegengeschickt war. Darin lag der ganze Beweis. Dann lebte sie, dann würde sie ihn empfangen. War aber kein Boot da, so bedeutete das statt dessen eine Botschaft aus dem Abgrunde.

Und es war kein Boot da.

Einen Augenblick verließ ihn die Besinnung, er empfand nur ein Rummeln in einem leeren Raum. Dann aber arbeitete er sich hindurch wie aus einem finstern Gang; er wollte nach Helleberg; er wollte sehen, was geschehen war; er wollte wissen und suchen.

Jetzt dunkelte es bereits, aber er kam vom Schiff herunter und fuhr wie im Halbschlaf umher, nach einem Boot suchend; er konnte kaum sprechen, ließ aber nicht nach, bis er ein Boot aufgetrieben und Mannschaft zusammengebracht hatte. Er selber setzte sich ans Steuer und ließ sie aus Leibeskräften rudern. In der Dämmerung erkannte er jeden Felsvorsprung; sie sollten sich nur auf ihn verlassen und rudern, ohne um sich zu schauen. Bald befanden sie sich zwischen den Werdern. Jetzt war es nicht so wie ehedem, daß diese ihm entgegenkamen, nein, sie lagen alle da und stießen ihn von sich. Wenn kein Boot gesandt war, so hatte das seinen Grund darin, daß er hier nichts mehr zu tun hatte, weil er sein Anrecht an den Ort verscherzt hatte.

»Rudert nur zu, Leute!« rief er. Dann plötzlich stieg abermals jene Kraft in ihm auf, die da lag und auf die äußerste Probe wartete.

»Wo bleibst du nur einmal, Junge? Ich verzweifle an dir! So komm doch endlich einmal aus dir heraus!« So tönte abermals eine Stimme von außen her. Die Stimme eines Mannes! War es die seines Vaters?

Mochte es die Stimme seines Vaters sein oder nicht – hier auf dem väterlichen Grund wollte er sich aufraffen, wollte gegen das Schicksal ankämpfen.

In der äußersten Bedrängnis eines Menschen findet ein Ausgleich statt zwischen dem, was er gefehlt hat, und dem, was er kann; gerade als das Boot an den Werdern und an der Landzunge vorüber-geglitten war und in die Bucht einlenken wollte, richtete er sich in seiner ganzen Höhe auf. Die Ruderer sahen ihn verwundert an; er hatte die Steuerpinne mit in die Höhe gerissen und sah aus, als solle er einem Feind begegnen...Oder hörte er etwas? Waren es Ruder-schläge? Ja, nun hörten auch sie es. Wo sich die Bucht verengert, bei der Einfahrt, kam ihnen ein Boot entgegen; es sauste über den Was-serspiegel dahin.

»Ist das Boot aus Helleberg?« rief Rafael; seine Stimme zitterte.

»Ja«, tönte es aus der Finsternis zurück; es war die Stimme des Verwalters. »Ist das Rafael?«

»Ja. Weshalb kamt ihr nicht früher?«

»Das Telegramm ist eben erst gekommen.« Er setzte sich, er sagte kein Wort, er fühlte sich plötzlich nicht imstande dazu. Das Boot wendete und folgte ihnen; Rafael hätte seins fast auf Grund getrie-ben – er vergaß, daß er am Steuer saß.

Bald hatten sie die enge Einfahrt hinter sich, dann bogen sie um die letzte Landzunge, und dort, dort lag Helleberg vor ihm in einem Meer von Licht. Vom Keller bis zur Bodenluke, in jedem Fenster strahlte und leuchtete es, ja selbst im Stall und im Viehhaus – und jetzt in diesem Augenblick flammte eine mächtige Lohe von der Spitze des Hügels herab.

So empfing seine Mutter ihn! Er schluchzte; die Ruderer hörten es, und sie sahen, daß es heller um sie her ward; da wandten sie sich um. So überrascht waren sie bei dem Anblick, daß sie zu rudern vergaßen. »Nein, ihr müßt euch beeilen, damit ich nach Hause komme.« Mit Mühe brachte er die Worte heraus.

Er hatte alle seine Qualen vergessen, als er aus dem Boot ans Ufer sprang. Auch dachte er sich nichts dabei, daß ihm seine Mutter nicht entgegenkam, daß er sie nicht auf dem Altan stehen sah. Er stürmte nur die Treppe hinauf und öffnete die Tür...Die Lichter an den Fenstern erhellten das Gemach nicht, im Gegenteil, sie waren beschattet, so daß hier drinnen Dämmerung herrschte. Aber seine Augen kamen aus dem Halbdunkel da draußen; er sah sich nach ihr um und hörte nur ein Schluchzen, das aus dem innersten Winkel drang – und dort saß sie auch zusammengekauert in der Sofaecke, die Beine unter sich gezogen wie in alten Zeiten, wenn sie sich fürchtete. Sie streckte auch die Arme nicht aus; sie war ganz, ganz eingeschüchtert – er aber beugte sich über sie, er kniete nieder, er lehnte sein Gesicht gegen ihre Wange und weinte mit ihr. Fein, dünn, mager war sie geworden; ach, man hätte sie wegblasen können! Sie ließ sich von ihm in die Höhe heben wie ein Kind und an seiner Brust streicheln, liebkosen, küssen – ach, wie körperlos sie geworden war! Und diese Augen, deren er endlich habhaft wurde, sahen ihn durch Tränen aus großen Höhlen an, aber so unschuldig, wie die Vögel aus ihrem Nest herausgucken. Über ihre breite Stirn hatte sie ein langes, seltenes Tuch turbanartig geschlungen, die Enden fielen hinten herab – sie wollte verbergen, wie dünn ihr Haar geworden war; er lächelte, denn darin erkannte er sie wieder! Vergeistigter, schöner in ihrer Körperlosigkeit als je zuvor; das innerste Ich trat hier ohne Gewandung an den Tag.

Ihre zarten, zarten Hände strichen über sein Haar, und nun sah sie ihm in die Augen. »Rafael, mein Rafael!« – sie schlang den Arm um ihn und zog ihn wieder an ihre Brust. »Willkommen!« Sie flüsterte es. Bald aber hob sie den Kopf empor, saß frei und aufrecht da. Sie wollte sprechen. Er kam ihr zuvor.

»Verzeih den Brief!« flüsterte er, und seine Augen waren ein Flehen, ebenso seine Stimme, seine Hände, die ihren Kopf umschlossen.

»Ich sah deine große Seelennot«, lautete die ebenfalls geflüsterte Antwort, denn hierüber durfte nicht laut gesprochen werden. »Und da war nichts mehr zu verzeihen«, fügte sie hinzu.

Abermals hatte sie ihren Kopf an den seinen geschmiegt. »Und dann war es ja die lautere Wahrheit, Rafael!« flüsterte sie wieder.

»Sie muß schwere Tage und Nächte durchgemacht haben«, dachte er, »um das sagen zu können.«

»Mutter, Mutter! Welch eine entsetzliche Zeit!«

Ihre kleine Hand suchte die seine; sie war kalt; sie ruhte in der seinen wie ein Ei, das im Nest vergessen ist. Er wärmte sie und nahm auch die andere.

»War die Illumination nicht schön?« fragte sie, und nun glich ihr Gesicht dem eines Kindes. Er rückte den Schirm, der die Lichter verdeckte, ein wenig zur Seite, er mußte sie besser sehen. Er dachte, als er den Freudenschimmer auf ihrem Gesicht sah: »Wenn ihr das Leben noch so schön erscheint, so werden wir noch viele Tage miteinander verleben.«

»Hättest du mir das von Absalom – das Bild, das du sahest, als du die Geschichte von David hörtest, Rafael – hättest du mir das nur früher gesagt...« Sie hielt inne, und es zuckte um ihren Mund.

»Wie konnte ich es dir sagen, Mutter – verstand ich es doch bisher selber nicht!«

Sie lächelte.

»Die Illumination, ja, die sollte mein Verständnis bedeuten. Sie sollte dir gleichsam entgegenstrahlen. Begriffst du das nicht?«

Über tredition

Eigenes Buch veröffentlichen

tredition wurde 2006 in Hamburg gegründet und hat seither mehrere tausend Buchtitel veröffentlicht. Autoren veröffentlichen in wenigen leichten Schritten gedruckte Bücher, e-Books und audio-Books. tredition hat das Ziel, die beste und fairste Veröffentlichungsmöglichkeit für Autoren zu bieten.

tredition wurde mit der Erkenntnis gegründet, dass nur etwa jedes 200. bei Verlagen eingereichte Manuskript veröffentlicht wird. Dabei hat jedes Buch seinen Markt, also seine Leser. tredition sorgt dafür, dass für jedes Buch die Leserschaft auch erreicht wird.

Im einzigartigen Literatur-Netzwerk von tredition bieten zahlreiche Literatur-Partner (das sind Lektoren, Übersetzer, Hörbuchsprecher und Illustratoren) ihre Dienstleistung an, um Manuskripte zu verbessern oder die Vielfalt zu erhöhen. Autoren vereinbaren direkt mit den Literatur-Partnern die Konditionen ihrer Zusammenarbeit und partizipieren gemeinsam am Erfolg des Buches.

Das gesamte Verlagsprogramm von tredition ist bei allen stationären Buchhandlungen und Online-Buchhändlern wie z. B. Amazon erhältlich. e-Books stehen bei den führenden Online-Portalen (z. B. iBookstore von Apple oder Kindle von Amazon) zum Verkauf.

Einfach leicht ein Buch veröffentlichen: **www.tredition.de**

Eigene Buchreihe oder eigenen Verlag gründen

Seit 2009 bietet tredition sein Verlagskonzept auch als sogenanntes "White-Label" an. Das bedeutet, dass andere Unternehmen, Institutionen und Personen risikofrei und unkompliziert selbst zum Herausgeber von Büchern und Buchreihen unter eigener Marke werden können. tredition übernimmt dabei das komplette Herstellungs- und Distributionsrisiko.

Zahlreiche Zeitschriften-, Zeitungs- und Buchverlage, Universitäten, Forschungseinrichtungen u.v.m. nutzen diese Dienstleistung von tredition, um unter eigener Marke ohne Risiko Bücher zu verlegen.

Alle Informationen im Internet: **www.tredition.de/fuer-verlage**

tredition wurde mit mehreren Innovationspreisen ausgezeichnet, u. a. mit dem Webfuture Award und dem Innovationspreis der Buch Digitale.

tredition ist Mitglied im Börsenverein des Deutschen Buchhandels.

Dieses Werk elektronisch lesen

Dieses Werk ist Teil der Gutenberg-DE Edition DVD. Diese enthält das komplette Archiv des Projekt Gutenberg-DE. Die DVD ist im Internet erhältlich auf **http://gutenbergshop.abc.de**